長編時代官能小説

のぞき草紙

睦月影郎

祥伝社文庫

目次

第一章　兄嫁の蜜命で町家潜入

一

「なるほど、旦那様が入り浸《びた》っていたのは、料亭の『七福《しちふく》』でしたか……」

新十郎《しんじゅうろう》の報告を聞くと、兄嫁の乙香《おとか》は納得したように頷《うなず》いて言った。

「確か、女将《おかみ》は後家の」

「はい、奈津《なつ》という三十半ばほどの女です」

言われて、新十郎は答えた。

実は新十郎は、乙香に頼まれて兄の行動を尾行し、何かと立ち寄っている店を探ったのだった。それは、密かな憧《あこが》れを寄せる乙香の頼みであったし、もとより厄介《やっかい》者の末弟ならば断わることも出来なかったのである。

深見《ふかみ》新十郎は、十八歳。当家、三百石の旗本の五男坊である。次兄は病死し、三男と四男は他家へ養子に入っていた。

当主は乙香の夫、長兄で三十歳になる仙之助《せんのすけ》、彼は将軍家の膳奉行《ぜんぶぎょう》だった。二歳になる小太郎《こたろう》ができたので、ますます部屋住みの新十郎は肩身が狭く、早く養子先を探して決めなければという状況であった。

膳奉行とは、若年寄の支配に属し、将軍の食膳に関する一切を掌《つかさど》る役職で、味見なども行なっていた。乙香の実家である御賄《おまかな》い頭《かしら》、御膳所御台所頭などと連携し、城内の厨《くりや》を本拠地としていた。

多くの味見に明け暮れるため、仙之助は大兵肥満。しかし剣術にも熱心で健康には気遣い、見るからに偉丈夫《いじょうふ》として周囲の信頼を集めていた。

当然城内に泊まることも多く、外に出ても各料理屋や市場に出向くことがある。

しかし、最近とみに帰宅することが激減し、あるいは女でも出来たのではと乙香が懸念《けねん》していたのだった。確かに、四六時中城内の厨にいるわけもないが、小太郎が生まれてからは、あまり家庭を顧みなくなったようだ。

そこで乙香が、役職もなく部屋で本ばかり読んでいる新十郎に夫の調査を頼んだのである。

七福は、ここ旗本屋敷の建ち並ぶ番町《ばんちょう》からほど近い、赤坂《あかさか》にある大店《おおだな》だった。

江戸の料理屋は、明暦《めいれき》三年（一六五七）の振袖《ふりそで》火事（明暦の大火）を境に、急激に増えたと言われている。江戸の立て直しのため、多くの大工や左官職人たちが地方から集まり、彼らのために料理を出す店が始まりだった。

しかし現在、享和《きょうわ》三年（一八〇三）ともなると、料理屋も大衆向けよりも高級店が多く台頭するようになってきた。人々は行楽とともに外食を楽しむようになり、武家のみならず文人や裕福な町人も利用していた。

七福もその一つで、米や野菜、魚から菓子まで江戸随一のものを取り揃《そろ》えていた。仙之助にしてみれば、各店や市場を回るよりも、最高級品の食材が何でも揃っている一店に行って調べる方が楽であり、そうして通っているうちには女将とも親しくなるだろう。

七福の女将、奈津は三十代半ばの小粋《こいき》な後家で、夫は昨年に流行《はや》った『お七風《しちかぜ》』と呼ばれる風邪で他界していた。

奈津はまだ若作りで美しいので、もう一花咲かせればという常連の意見も多いようだが、十七になる娘の美花《みか》に良い婿《むこ》を取り、店を一新しようという気持ちの方が強いらしい。

だから仙之助と奈津の関係が、どの程度深いのか分からないし、僅《わず》かな調べではとても詳《くわ》しく知ることは無理で、それは新十郎も正直に兄嫁に言った。

「よく分かりました。ご苦労様です」

乙香が言い、新十郎も頷いた。

「引き続き、新十郎どのに調べていただきたいのですが」

「え……、しかし、それ以上のことは、とても外からでは分かりませんので」

「だから、今度は七福の中に入っていただきます」

乙香に言われ、新十郎は、この二十五歳になる美しい兄嫁が、これほどまでに強い悋気《りんき》を持っているとは夢にも思わなかった。

いや、悋気なのだろうか。あるいは単なる自己中心的な独占欲で、自分の夫が知らぬ場所で良い思いをしているのが許せず、良い思いをしている女がいるというのも耐えられないのかも知れない。

「町人に化け、七福の使用人になるのです」

「え……？」

新十郎は驚いて聞き返した。七福の中に入れと言うのだから、てっきり食事代でもくれるのかと思ったが、まさか潜入して働けと言われるとは思わなかった。

「そ、それは出来ません……」

「無理でも、していただきます。わが深見家の当主に、妙な噂《うわさ》が立っては困ります。

それに市井《しせい》で働くことも、必ずや新十郎どのの勉強になりましょう」

確かに、毎日何もせず養子の口を待っているだけだから、時間だけはある。金はないが、働くのなら給金が貰《もら》えよう。

「しかし、あんな大店に雇って貰えるものでしょうか……」

「御賄い頭であるうちの墨付きがあれば叶《かな》うでしょう。そなたは青梅《おうめ》の御料地から出てきて、私の実家の小者として働いていたことにしましょう。しかし何かと手狭になったので暇《ひま》を出したことにします」

乙香は、事も無げに言った。

御賄い頭の家柄に恩を売るなら、奈津も問題なく彼を雇い入れるに違いない。

「くれぐれも、武家であることを知られてはなりません。今から、言葉遣いもお改めなさい」

「は、はあ……」

「その代わり、私の言うことをきけば、遠縁から美しい娘のいる養子先を決めて差し上げます」

「わ、分かりました……」

乙香の親戚なら、きっと眉目麗《びもくうるわ》しい娘も多くいるだろう。新十郎は期待し、言いつけを守る約束をしてしまった。

「それで私は、七福に入ってどのようにすれば……」

「女将を監視し、旦那様と関係があるかないか調べ、そのような素振りがあれば、そなたが奈津を誘惑してしまいなさい」

言われて、また新十郎は目を丸くした。いったい何度驚いたことだろう。

「ゆ、誘惑と言っても……」

「奈津も、淫気があるのなら重い役職のある旦那様より、若いそなたの方が気楽で良いに決まっております。城中との繋《つな》がりも、すでにそなたを雇い入れたことで縁は出来たと思うでしょうから、旦那様への執着も薄れるはず」

「しかし私は、女のことは何も分かりません……」

「多くの春本を読んでいるでしょう」

「そ、それは……」

言われて、彼は顔を真っ赤《まか》にしてしまった。

新十郎は一部屋をあてがわれているが、乙香は掃除の折にでも彼の部屋にある多くの春本や枕絵などを見つけてしまったようだった。

「ああしたものと、実際は違うと思いますので……」

彼は言いながら、激しく勃起してきてしまった。

夕餉《ゆうげ》を終えて戸締まりも済ませ、小太郎も寝付いたところだった。今夜も仙之助は帰らないし、本来なら新十郎も部屋へ引っ込んで、熱烈に手すさびしている刻限なのである。

もちろん春画を見て一物をしごくのだが、絶頂に達するときは決まって兄嫁の乙香を思い浮かべてしまうのが常だった。いけないと思いつつ、かえって禁断の思いが快感に拍車をかけた。

実際、乙香以外に接する女はいないのである。すれ違ったときの風の匂いや、あるいは洗濯の前、まだ水に浸《つ》けていない足袋《たび》や腰巻を見つけて嗅《か》いでしまったこともある。それらのいけない行為を思い出すと、何度でも熱い精汁が湧《わ》いてきてしまうのだった。

「そうですね。確かに、絵と本物は違うでしょう……」

言いながら乙香は、少しもじもじと両膝を動かした。

あるいは、淫気に苦しんでいるのは後家ではなく、乙香自身なのではないか。そして彼女自身の言葉のように、自分も若い男を欲しているのではないだろうかと新十郎は胸を高鳴らせて思った。

「いきなり見て、驚いても困ります。淫気に飢《う》えた後家は、何をさせるか分かりませんからね……。見るだけなら、構いません……」

「え……！」

今日、兄嫁に言われた言葉の中で、新十郎は最も驚いて声を上げた。

「こちらへ」

乙香は立ち上がり、彼を自分の寝所に招《まね》いた。すでに床が敷き延べられ、隣の布団には小太郎が眠っていた。室内には、甘ったるい匂いが立ち籠《こ》めている。赤ん坊の匂いと思われるが、乙香の体臭と乳の匂いも濃く混じっているようだった。

そして乙香は、ためらいなく帯を解き、着物を脱ぎはじめたのだ。

この貞淑で美しい兄嫁の内部に、悋気のみならず熱く絶大な欲望が秘められているとは、すでに丸二年一緒に暮らしている新十郎も全く気づかなかった。

さすがに乙香も緊張しているのだろう。指を小刻みに震わせ、腰巻まで脱ぎ去り、半襦袢《じゆばん》を羽織《はお》っただけの姿で仰向けになった。

「良いですか。くれぐれも、見るだけですよ……。さあ……」

彼女は僅かに両膝を立て、ゆっくりと開きながら言った。

新十郎は股間を見るよりも、まず乙香の白い肌に目を奪われ、まるで夢の中にいるように頭がぼうっとなってしまった。

むっちりとした脚は張りがあり、開かれた襦袢の奥からは、何とも豊満な乳房が覗《のぞ》いていた。そして今まで着物の内に籠もっていた熱気が解放されてゆらゆらと漂い、赤ん坊の匂い以上に女の体臭が濃厚に彼の鼻腔《びこう》をくすぐってきた。

やがて新十郎は、ふらふらと吸い寄せられるように膝を突き、美しき兄嫁の股間へと顔を近づけていった。

二

「武家は、このようなことはしません。ただ交接するだけです。しかし町人は、そなたも知っての通り多くの春画などを見て、同じような大胆なことをするかと思われます。まして使用人の小者が相手なら、欲に任せて、舐《な》めるよう命じてくるかも知れません」

乙香は、興奮と喘《あえ》ぎを抑えるよう、息を詰めて言った。

新十郎は目眩《めまい》を起こすほどの高まりの中、腹這いになって兄嫁の両膝の間に顔を進めていった。

白く滑《なめ》らかな内腿《うちもも》が左右から中心部に続き、早くも熱気と湿り気が悩ましい匂いを含んで顔に吹き付けてきた。

「さあ、もっと近くへ……。でも、くれぐれも触れぬように。見せるだけでも、大変なことなのですよ。私たちは、義理とはいえ姉と弟なのですから……」

乙香が、自分に言い聞かせるように言った。内腿が震え、滑らかな下腹がひくひくと波打っているので、彼女も相当に我を失うほど高まっているようだった。

「はい……」

「そう、今宵《こよい》だけは身内でなくなりましょう。そなたは七福の使用人、名は、新吉《しんきち》とでも名付けましょう」

乙香が言い、さらに両脚を全開にしてくれた。

股間のふっくらした丘には、黒々と艶《つや》のある茂みが密集し、割れ目からは僅かに桃色の花弁がはみ出していた。ほぼ、春画で見たような形状であるが、絵よりも実際の方がずっと美しく艶《なまめ》かしかった。

「あ、あの……、中の方が見えません。触れるわけにゆきませんので……」

「承知しました。これで見えるでしょう……」

新十郎が恐る恐る言うと、乙香も自ら両の人差し指を割れ目に当て、花びらごと、ぐいっと左右に広げて見せてくれた。

微《かす》かに、ぴちゃっと湿った音がして、濃く色づいた陰唇が開かれた。

中はぬめぬめと潤《うるお》う桃色の柔肉で、下の方には細かな襞《ひだ》に囲まれた膣口が息づいていた。ここから去年、小太郎が産まれ出てきたのだ。

その少し上に、ぽつんとした尿口らしき小穴が確認され、さらに包皮から顔を覗かせる、光沢あるオサネも突き出ていた。内部も大体、春画と同じである。

「い、いかがです。中まで見えますか……。そんなに、気持ちの良いものではありませんでしょう……」

乙香が息を詰めて言うたび、膣口がキュッキュッと収縮した。

「いいえ、妖《あや》しい花のようで、たいそう美しいと思います……」

新十郎は答えながら、実際ごくりと生唾《なまつば》を飲んだ。そして駄目で元々のつもりで、さらなる願望を口に出してみた。

「あ、あの、あるいは春本のように、舐めろと言われるかも知れません。出来るかどうか、ほんの少しで良いので、試してみてはいけませんでしょうか……」

言うと、意外にも乙香はすぐにも応じてくれた。

「そうですね。少しだけですよ。私が嫌と言ったら、そこで止めるのですよ……」

乙香が許してくれ、新十郎は破裂しそうなほど心の臓を高鳴らせながら顔を埋め込んでいった。

柔らかな茂みに鼻を埋め込んで嗅《か》ぐと、隅々には甘ったるい汗の匂いと、ほのかな刺激を含んだゆばりの匂いが馥郁《ふくいく》と混じり合い、鼻腔から一物にまで興奮が伝わっていった。それは、前にこっそり嗅いだ彼女の腰巻の匂いよりも、ずっと新鮮で濃厚だった。

そして舌を伸ばし、陰唇の表面から徐々に内部へと差し入れていった。

「アア……」

乙香が息を呑み、反《そ》り返ったまま硬直した。

駄目とは言われていないので、新十郎は内部で舌を蠢《うごめ》かせた。溢《あふ》れる蜜汁はねっとりと舌にからみつき、ほのかな汗に似た味に、うっすらとした酸味が混じって感じられた。

膣口を舐め回すと、細かに入り組む襞が心地よく舌先に触れた。そして柔肉を舐め上げ、コリッとした小さな突起に触れると、

「あうう……!」

さらに乙香が呻《うめ》き、量感ある内腿できつく彼の顔を締め付けてきた。

やはり春本に書かれていたとおり、オサネが最も感じるようだった。

新十郎は激しい興奮のさなか、頭の片隅の冷静な部分で懸命に女体の観察をしていた。やはり夢中になりつつも、あとで思い出して手すさびに役立たせるために、少しでも多く記憶しようとしているのだった。

これは、きっと性分なのだろう。

「ここも、舐めて構いませんか……」

新十郎は股間から言い、乙香の腰を浮かせ、豊満な白い尻の谷間にも鼻を押しつけていった。乙香は、もう彼の言葉すら聞こえないほど激しく喘ぎ、しきりに熟《う》れ肌を波打たせるばかりだった。

谷間には、可憐《かれん》な薄桃色の蕾《つぼみ》がきゅっと閉じられていた。

鼻を埋め込むと、顔中に白く丸い双丘がひんやりと密着してきた。

蕾には秘めやかな匂いが籠もっていたが、もちろん大好きな兄嫁のものだから嫌ではなく、むしろその刺激が激しい興奮剤のように彼を高まらせた。

舌先でくすぐるように舐めると、細かな襞の震えが伝わってきた。充分に濡らしてから内部にも潜《もぐ》り込ませると、ぬるっとした滑らかな粘膜に触れた。

「あうう……、そ、そのようなところ……」

乙香は呻きながら言い、きゅっきゅっと拒《こば》むように肛門を収縮させたが、駄目とは言わなかった。むしろ彼の鼻先にある割れ目からは、どんどん新たな蜜汁を湧き出させ、身悶《みもだ》えも激しくなっていった。

新十郎は味も匂いも心ゆくまで味わってから舌を抜き、そのまま溢れる蜜汁をすすって再び割れ目を舐め、オサネに吸い付いていった。

「ああ……！　い、入れて……！」

乙香が声を上ずらせ、うねうねと豊かな腰をくねらせながらせがんだ。その勢いに小太郎が目を覚ましてしまうのではと思うほどだった。

最初は頑《かたく》なに見るだけと言っていたのが、少し舐めて良いことになり、今は情交して良いということになってしまった。

新十郎も、願ってもない展開に、急いで帯を解いて着流しを脱ぎ去り、下帯まで取り去って暴発寸前に屹立《きつりつ》している肉棒を露出した。

身を起こし、股間を進め、緊張に震える指を幹に添えて先端を割れ目に押し当てていった。

まさか、憧れの兄嫁と一つになる日が来ようとは、夢にも思っていなかった。

新十郎は深呼吸してから何度か張りつめた亀頭を割れ目にこすりつけてヌメリを与

え、位置を定めて押し込んでいった。

さして迷うことなく、一物はぬるぬるっと滑らかに陰戸に潜り込んでいった。

「アアーッ……！」

根元まで挿入し、股間を密着させると、すぐにも乙香が喘いで両手を伸ばし、彼の身体を抱き寄せてきた。

胸の下で豊かな乳房が柔らかく押し潰《つぶ》れて弾み、すぐ鼻先に、兄嫁の色っぽい唇が迫った。お歯黒の歯並びの間から洩《も》れる息は、熱く湿り気があり、白粉《おしろい》のように甘い匂いが含まれていた。

乙香は気を遣《や》ったようにずんずんと股間を突き上げて乱れに乱れ、何度も顔をのけぞらせて痙攣《けいれん》した。

新十郎も彼女の息の匂いと、肉襞の摩擦、熱く濡れた柔肉の締め付けに、いくらも我慢できず、何度か無意識に腰を突き動かしただけで絶頂に達してしまった。

世の中に、これほど心地よい穴があるだろうかと思えるほどの快感だった。まさにここが、一物の最適な居場所なのだと感激した。

「く……、義姉上《あねうえ》……！」

新十郎は突き上がる快感に呻いて口走りながら、熱い大量の精汁を、どくんどくんと勢いよく柔肉の奥にほとばしらせた。

「ああ……、熱い。もっと出して……、新十郎どの……!」

内部に噴出を感じ取り、乙香は声を震わせながら切れ切れに言った。その間も、きゅっきゅっと膣内が一物をくわえ込むように収縮し、たちまち彼は最後の一滴まで搾《しぼ》り取られてしまった。

出し切って徐々に動きをゆるめ、新十郎は兄嫁の熟れ肌に体重を預けていった。

乙香も満足げに全身の硬直を解いてゆき、彼の下で四肢を投げ出していった。

しかし膣内の締め付けは続き、その刺激に深々と納まったままの一物がひくひくと脈打った。

「アア……、とうとうしてしまった……」

乙香が、荒い呼吸とともに呟《つぶや》いた。

してみると、新十郎と同じぐらい、あるいはそれ以上に乙香の方も彼に欲望を感じていたのかも知れない。

初めての体験に感激し、さらに新十郎は乙香が後悔していないようなのを心から嬉《うれ》しく思った。そして胸元や腋《わき》から漂う甘ったるい体臭と、形良い口から洩れるかぐわしい息に酔いしれながら、彼はうっとりと快感の余韻に浸った。

もちろん一回の射精では物足りず、しかも、あまりにあっという間だったので一物は萎《な》えることがなかった。

「ああ……、まだ大きい……」

乙香も気づいたように言い、初物を味わうように何度も締め付けてきた。

三

「立派ですよ。とても……」

身を離すと乙香が、懐紙で新十郎の一物を拭《ぬぐ》いながら囁《ささや》いた。そして彼女は互いの股間を拭き清めて添い寝してきた。

彼は甘えるように兄嫁に腕枕してもらい、豊かな乳房に顔を寄せた。

色っぽい腋毛が見え、じっとり汗ばんだ腋の下からは何とも甘ったるく心酔わす芳香が漂ってきた。

鼻先にある乳首は濃く色づき、しかもポツンと白い雫《しずく》が浮かんでいた。

「少し張ってきました。嫌でなければ吸って……」

乙香が言い、彼の口に乳首を押しつけてきた。

新十郎は含んで吸い付き、顔中を豊かな膨らみに埋め込んだ。柔らかな感触と肌の温もりが伝わり、彼はすぐにも続けて射精したい気持ちになった。

こりこりと硬く突き立っている乳首を唇に挟み、芯《しん》を強く締め付けるように吸うと乳汁が滲《にじ》んできた。

最初は要領が分からなかったが、次第に旨《うま》く吸い出せるようになり、彼は兄嫁の生ぬるい乳汁で喉《のど》を潤《うるお》した。味はうっすらと甘く、口いっぱいに濃厚な乳の匂いが広がってきた。

もう片方の膨らみにも手を這わせると、

「ああ……、いい気持ち……」

乙香が喘ぎながら、彼に手を重ねて強く揉《も》ませた。すると、そちらの乳首からも乳汁が滲み出て指を濡らした。

乳汁の匂いに腋から漂う汗の匂い、それに上から吐きかけられる息の匂いに酔いしれ、新十郎は頬が痛くなるまで乳汁を吸って舌を濡らした。

「こっちも……」

乙香が囁き、新十郎を仰向けにさせたままのしかかり、もう片方の乳首を含ませてきた。振り仰ぐと目の前いっぱいに白く豊満な肌が覆《おお》いかぶさり、たわわに実った乳房が顔中に密着してきた。

仰向けだと、乳汁の滴《したた》りがはっきりと分かり、彼は夢中になって吸いながら飲み込んだ。

すると乙香はもう片方の乳首をつまみ、彼の顔に乳汁を滴らせてきたのだ。

霧状になったものが心地よく鼻や瞼を湿らせ、さらに大粒の雫がぽたぽたと頬を濡らしてきた。そして搗《つ》きたての餅《もち》のような乳房が鼻と口を覆い、彼は心地よい窒息感に喘いだ。

やがて左右とも、出なくなるまで乳汁を搾って飲ませると、乙香は上からぴったりと唇を重ねてきた。

感激の一瞬である。兄嫁との口吸いも、何度となく妄想した憧れの行為だった。

柔らかく、ほのかに濡れた唇が密着し、甘い吐息と乾いた唾液の匂いが鼻腔を刺激してきた。

舌が潜り込んでくると、彼も歯を開いて受け入れ、舌先をそっと触れ合わせた。

「ンン……」

乙香は熱く鼻を鳴らし、長い舌で彼の口の中を舐め回し、ちろちろと執拗《しつよう》に舌をからめてきた。注がれる唾液はとろりとして生温かく、新十郎はそれだけで危うく果てそうになってしまった。

長く口吸いを続け、胸いっぱいに兄嫁のかぐわしい吐息を吸い込んで唾液を吸収すると、何やら宙に浮かぶほどの恍惚《こうこつ》に包まれた。

ようやく唇が離れたが、乙香はなおも彼の鼻の穴や頬に舌を這わせてきた。

「私の、お乳の匂い……」

彼女は囁き、甘い息で執拗に舐め回した。新十郎は唾液と吐息の匂いに酔いしれ、顔中を生温かく濡らされて激しく高まった。

「何と綺麗な、まるで女の子のような肌……」

さらに乙香は慈《いつく》しむように吐息混じりに言いながら、彼の首筋から胸へと舐め下りてゆき、その間も肌のあちこちを撫で回してきた。

そして彼女は自分がされたように、彼の乳首にもちゅっと吸い付き、ちろちろと舌で弾《はじ》くように舐めはじめたのだ。

「あうう……！」

新十郎は甘美な快感に声を洩らし、じっとしていられずにクネクネと身悶えた。

男でも、乳首がこんなにも感じるとは思わず、新発見だった。何しろ手すさびのときには、一物以外いじったことがなかったのだ。

乙香は左右の乳首を丁寧《ていねい》に舐めてくれ、軽く歯も立ててきた。

「アア……、どうか、もっと強く……」

新十郎が言うと、乙香もきゅっと力を込めて乳首を嚙《か》んでくれた。さらに甘美な刺激が全身に広がり、彼は一物に触れられる前に果てそうになってしまった。

やがて乙香は彼の肌を熱い息でくすぐり、縦横に舌を這わせて唾液の痕《あと》を印しながら腹を下降していった。

そして股間に息がかかり、しなやかな細い指がそっと幹に触れてきた。

「あ、義姉上……」

顔を寄せてきた乙香に、新十郎は驚いて思わず言った。まさか彼女が、口でするなどとは信じられなかったのである。

「じっとしていて……。そなたの春画にもありました。口で可愛がる方法が」

「しかし、義姉上のお口を汚してしまいます……」

彼は、絶頂寸前になって言った。

「良いのです。私も舐められたときには大層心地よかったので、男も同じでしょう。それに飲んでも害はないと、そなたの本に書かれておりました」

乙香が言い、どうやら本当に口で愛撫してくれるようだった。

そして新十郎が心の準備をして身構える暇もないうち、彼女はそっと先端に唇を押し当てて舌を伸ばし、鈴口から滲む粘液をぬらりと舐め取ってきた。

「ああッ……！」

快感の中心に熱い息と舌のヌメリを感じ、新十郎は声を洩らして暴発を堪えた。

さっき一度済ませていなかったら、あっという間に果てていたことだろう。

「男とは、このようなものなのですね……」

舌を引っ込め、乙香は張りつめた亀頭から青筋だった幹、ふぐりの方までいじりながら呟いた。舐めるのも初めてなら、このように行燈《あんどん》の近くでまじまじと見るのも初めてなのだろう。

「大人になると、このような形になるのですね。なるほど、二つの玉が……」

乙香が、おそらく小太郎の一物を思い出しながら呟き、ふぐりを手のひらに包んで睾丸を確認した。

やがて指を幹に戻すと、もう一度先端に唇を付け、今度は丸く口を開いて亀頭を含んできた。さらにすっぽりと喉の奥まで呑み込み、内部でくちゅくちゅと舌を蠢かせた。たちまち一物全体は温かな唾液にどっぷりと浸り込み、限界を迫らせてひくひくと震えた。

「アア……、い、いけません。義姉上……」

新十郎が言うと、ことさらに乙香は舌の動きを激しくさせ、上気した頰をすぼめて吸引した。

どうあっても、このまま口に射精させるつもりらしい。もともと淡泊な仙之助が相手だから、一度でも気を遣れば、今日はそれで自分は充分らしく、彼女は新たな好奇心で行動しているようだった。

新十郎も、もう後戻りは出来なかった。

高まりに合わせ、思わず下から股間を突き上げると、乙香も顔を上下させ、濡れた口ですぽすぽと肉棒を摩擦してくれた。

「ああ……、出る……！」

とうとう新十郎は昇り詰め、溶けてしまいそうな絶頂の快感に包み込まれた。

腰をよじらせながら、ありったけの熱い精汁を噴出させ、兄嫁の喉の奥を勢いよく直撃した。

「ク……、ンン……」

ほとばしりに驚きながら乙香が小さく呻き、それでも口を離さず強烈な舌の動きと吸引を止めなかった。そして口の中がいっぱいになると、彼女は動きを止めて亀頭を含んだまま、ごくりと喉を鳴らして飲み込んでくれた。

（ああ……、飲んでいる、本当に……）

突き上がる快感に身悶えながら、新十郎は感激した。情交はいつか出来ると思っていたが、口に出して飲んでもらうなど、春本の中のことだけであり、現実には一生無理と思っていたのだ。

乙香は何度かに分けて飲み込み、さらに吸い付いた。

「あうう……」

新十郎は、魂まで吸われそうな快感に呻いた。射精して義姉の口を汚したというより、彼女の意志で吸い出された感が強かった。

やがて最後の一滴まで出し尽くすと、彼はぐったりと手足を投げ出した。

乙香も、もう出ないと知ると吸引を止めて口を離し、まだ濡れている鈴口をヌラヌラと舐めて余りをすすってくれた。

「あ、義姉上、もう……」

その刺激に、射精直後の亀頭がひくひくと過敏に反応し、彼は降参するように身をよじって言った。ようやく彼女も舌を引っ込め、再び添い寝してきた。

「それほど不味《まず》くはありませんでした。ただ生臭く、口が粘つきます……」

乙香は、腕枕してくれながら素直な感想を述べた。

新十郎は、あまりの衝撃的な体験に返事も出来ず、ただ荒い呼吸を繰り返して兄嫁に寄り添うだけだった。

乙香の吐き出す息に精汁の生臭さはなく、さっきと同じくかぐわしい甘さを含んでいた。彼は余韻と安らぎの中、このまま眠ってしまいたい衝動に駆られた。

四

「左様でございますか。御賄い頭様のお屋敷から」

奈津が、恐縮して乙香に頭を下げた。その少し後ろで、町人髷《まげ》に着流しとなった新十郎が、平伏《へいふく》していた。

料理屋『七福』の座敷である。とうとう新十郎は町人の姿形になって、乙香に連れられて奈津を訪ねてきたのだった。

「屋敷では兄にも三人目の子が出来、何かと手狭になった折、ほんのひと月足らずでも、昨今とみに有名になった当店にて使ってもらえたら助かるのですが。また、無理であれば他のお店なり紹介いただければと」

「いえ、いえ、他のお店などとんでもない。うちでお預かりさせていただきます。何かと手が足りず、人を雇おうかと思っていた矢先でございますもので」

乙香の話にまんまと乗せられ、奈津は頭を下げて言った。

店が忙しくなっているのは本当だから、実にすんなりと、新十郎は住み込みで働くことになってしまった。

もちろん乙香は、彼が御賄い頭の屋敷から来たことは内密にと奈津に頼んだ。奈津が、訪ねてきた仙之助にでも言い、顔でも見に来られたら困るからだ。

「新吉と申します。よろしくお願い致します」

やがて乙香が帰ってゆくと、残された新十郎は、江戸っ子らしい粋な奈津に辞儀をして言った。

「こちらこそ。でも働く以上お客様扱いはしないよ。新と呼ぶから、いいね」

奈津が歯切れよく言うと、新十郎は何やらぞくぞくとした胸の震えを覚えた。

町人の女に平伏するのは苦痛ではなく、むしろ快感だと思えた。

(この女将の陰戸は、どのようになっているのだろう……)

兄嫁で女体を覚えたばかりの新十郎は、美しい奈津の肢体を盗み見て思った。

やがて彼は、部屋に案内された。

「ここは、住み込みの女中が居たのだけど、親が危篤《きとく》になったので上総《かずさ》へ帰っているのさ。布団もそのままだから、この部屋をお使い」

「はい」

言われて、新十郎は着替えなどの入った荷物を三畳間に置いた。部屋にあるのは、その女中が使っていた布団だけで行燈もなかった。どんな女中か知らないが、女の匂いの染みついた布団で寝るのも快適そうだと彼は思った。

さらに新十郎は、奈津にあちこちを案内された。

二階にある客間は、八畳が全部で三間。階下は店の入り口と厨、厠《かわや》、家族や雇い人の部屋に湯殿などがあった。

さすがに厨は大きく、通いの料理人などもいる。もちろん新十郎は調理には加われないし、配膳も女中たちの仕事なので、もっぱら彼は掃除に風呂焚《た》き、各店から届けられる食材の分類などの雑用一切だ。

彼も奈津には、旗本屋敷で雑用をしていたと伝えてある。

まあ御賄い頭の屋敷から来たのだから、そう無茶にこき使われたり苛《いじ》められることもないだろう。小柄だが、それほど非力ではないし目端《めはし》も利《き》く方である。

新十郎は厨で働く使用人たちに挨拶《あいさつ》し、最後に奈津の娘、十七になる美花に紹介された。

「新吉でございます。本日よりお世話になります」

「そう、よろしく」

新十郎は美花の清楚《せいそ》な美貌に驚きながら、丁寧《ていねい》に挨拶すると、美花も微《かす》かに笑みを浮かべて可憐《かれん》な声で答えた。奈津に似て顔立ちは整い、ぽっちゃりした頰に浮かぶ笑窪《えくぼ》が愛らしかった。

やがて今日の仕事が始まった。七福は昼時から忙しい。奈津は店を切り盛りし、美花も甲斐甲斐しく手伝っていた。裏口からは、魚屋や八百屋が出入りし、そのたびに新十郎は厨へと食材を運び、料理人の指示に従って置いた。

単純作業だし、料理人によって扱う食材が違うのもすぐに覚えた。剣術道場に行って苦手な稽古《けいこ》をするより、ずっと面白い気がした。まあ、今まで道場か部屋の中にしかいなかったから、こうした作業場が物珍しいのである。

料理人たちも新入りを苛めることもなく、実際そんな暇《ひま》もないので仕事に従事し、新十郎は片付けや掃除を率先して行なった。

しかし頭の中は自由なので、様々なことを思った。

(それにしても、妙なことになった。まさか町家で働くことになるとは……)

新十郎は思ったが、最初のうちは仕事を覚えてこなすのに精一杯だし、とても奈津と親しげに話して、仙之助のことを探るような余裕はない。客室の方も、どんな人が来ているのか見ることも出来ないし、仮に見に行って兄とばったり鉢合わせをしても困る。

乙香も、部屋住みの新十郎が無為に日々を送っていることを情けなく思い、あるいは仙之助と親子三人、屋敷でゆっくり過ごしたい気持ちもあって彼を体《てい》よく追い出したのかも知れない。

それでも、確かに今回のことは良い経験で、大いに新十郎の人生修行にはなることだろう。先日の、岡っ引きのように兄をつけて七福周辺を嗅ぎ廻ったことより、実際に中で働く方がずっと勉強になる。

そして奈津に会ったときも思ったのだが、旗本の自分が町家の女に平伏するということに、何やら妖しい興奮を覚え、それは次第に彼を夢中にさせていった。

もとより戯作や講談本などを好んで多く読んでいるから、町人らしい言葉も自然に装うことが出来た。たまにちぐはぐなことになっても、青梅の田舎《いなか》の出ということになっているし、あるいは武家屋敷で働いていたということで、少々のことは許容されるだろう。

やがて昼の客が一段落すると、一同は遅めの昼餉《ひるげ》の時間になった。新十郎も厨に呼ばれ、余り物で食事をした。

余り物と言っても、高級料亭だから実に豪華で旨《うま》かった。もちろん雇い人とはいえ一人でも腹痛など出したら暖簾《のれん》に傷が付くので、新入りにも古いものを食べさせるようなことはしなかった。

「旗本屋敷で働いていたって？　そりゃあ堅苦しかっただろう」

二十五になる番頭の甲吉《こうきち》が言った。まだ独《ひと》り者で、あるいは婿《むこ》入りを狙《ねら》っているのかも知れない。気さくだが、どこか人の心の内を探るような目をしていた。

「ええ、ずいぶんと気を遣いました」

新十郎は答え、自分の空の食器を片付けた。皆も、あまりのんびり雑談している暇はない。今度は夕刻の客に備えての仕込みが開始された。

「新吉、来て。私のお部屋のお掃除を」

「はい」

新十郎が庭の掃除に出ようとすると、美花に呼ばれた。

彼女の部屋は母屋の奥まったところ、奈津の寝室の隣にあった。中庭に面した六畳間に、文机《ふづくえ》と一輪挿《ざ》しがあった。もちろん彼は若い娘の部屋に入るのは生まれて初めてで、室内に籠もる生ぬるく甘ったるい匂いに陶然となった。

枕屏風《まくらびょうぶ》の陰には、彼女の使う布団も畳まれている。そこからも、ふんわりと娘らしい匂いが漂っていた。

「では、お掃除いたしますので」

「いいのよ。お菓子があるから食べてお話ししましょう」

美花は言い、持っていた箱を出し、自分から最中《もなか》を一つ食べはじめた。

仕方なく新十郎も箒を部屋の隅に置き、その場に座った。

「お武家のお屋敷って、どんな感じなの」

美花がつぶらな目を向け、ぷっくりした唇についた最中の皮を舐め取りながら訊いてきた。どうやら旗本屋敷にいた新十郎に好奇心を抱いたらしい。

「はあ、みな同じです。堅苦しいけれど、たまには冗談も言うし優しくもしてくれました。ただ気が抜けず、たいそう疲れましたが」

「そう。そうでしょうね。これお食べ」

美花が、菓子箱を指した。最中が三つと、彼女の食べかけが一切れ置かれていた。

「はい。頂戴いたします」

新十郎が手を伸ばすと、いきなり美花が彼の頰をピシリと叩いた。

痛くはないが、驚きと、顔を撫《な》でる甘い風に新十郎は声を洩らした。

「あ……」

「そっちじゃないわ。私の食べかけの方よ」

美花が、興奮に頬を赤くし、心持ち息を弾ませて言った。

「はあ、申し訳ありません……」

新十郎は答えたが、手を伸ばす機を失っていた。

「男の人を撲《なぐ》ったの、初めて……。痛かった？」

美花が、声を震わせて言う。

興奮は、男を叩いた初体験によるものだったようだ。

実際、彼女はさして怒っていないので、どうやら芝居か何かで見た、女が男を叩くという行為を一度してみたかったらしい。それには歳の近い、おとなしそうな新入りの使用人が最適だったのだろう。

「はい。痛かったです」

痛くはないが、そう言う方が良いと思って新十郎は答えた。そして彼は、美花以上に興奮に胸を弾ませ、股間を熱くし、それを気づかれぬよう装った。

「そう、怒った？」

「とんでもない。お嬢様にならい、何をされても構いません」

新十郎は言い、武家の身でそうした言葉や態度を取ることが病みつきになりそうだった。

「何をされても？　じゃ、こうされても怒らない？　口を開けてお待ち」

美花は言い、食べかけの最中を口にし、充分に嚙《か》んでから顔を寄せてきた。

五

美花は愛くるしい顔立ちに似合わず、相当に加虐《かぎやく》的な衝動を内部に抱えているようだった。もっともそれは、情交への好奇心や快楽への欲求が、無意識にそうした形を取っているだけかも知れない。

そんな心理を、新十郎は春本から学んでいた。

とにかく美花は、端座している彼の前までにじり寄り、立て膝を突いて顔を迫らせた。緊張と興奮に息を弾ませているものの、眼をきらきらさせてぷっくりした唇を寄せ、とうとう嚙み砕いて唾液に濡れた最中を吐き出してきた。

口に受けると、餡《あん》の甘さと皮の感触、そしてたっぷりとまつわりついている美少女の唾液のぬめりと生温かさが感じられた。

急いで味わって飲み込んだが、美花はさらに粘つく唾液を垂《た》らし、口の中の残滓《さんし》を全て洗い流すように吐き出してきた。

白い大きめの前歯が見え、口からは餡の匂いに混じり、果実のように甘酸っぱい息の匂いが、熱い湿り気を含んで鼻腔をくすぐった。

兄嫁とは違う、これがまだ無垢《むく》な少女の匂いなのだ、と思った。

新十郎は素直に飲み込み、小泡混じりでトロリとした美少女の唾液で喉を潤した。

美花が何度か、粘つく白っぽい唾液を吐き出すと、もう最中の味は消え去り、純粋に唾液だけとなった。

「美味《おい》しかった？　それとも嫌で堪《たま》らない？」

「美味しいです……」

美花が顔を寄せたまま、可愛らしい匂いの息で囁き、新十郎も答えた。

「どうして怒らないの。追い出されると困るから？」

美花が言う。どうやら、自身の衝動と新十郎の限界を試し、どこまで許されるものかと探っているようだった。

「実は、もっとすごいことをさせられましたので……」

「まあ、旗本屋敷で？」

彼が言うと、さらに美花は身を乗り出すように訊いてきた。

「はい。そこにもお嬢様が居て、私に足の裏を舐めろと」

実際そんな経験はないのだが、うまく言えば美花がしてくれるかもしれないと思ったのである。そして新十郎も、いきなり陰戸は無理だろうから、前から魅惑的と思っていた女の足に執着し、思い切って言ってみたのである。

「まあ……！　お武家のお嬢様も、すごいことをさせるのね。それで、新吉はしてあげたのね？」

「ええ、もちろん」

「そうね、逆らえばお手討ちになるかも知れないものね。でも、相手がお武家の女だから言うことをきいたの？　私がしたら、怒るかしら」

美花が、さらに熱く息を震わせて言った。

「怒りはしません。何をされても構いませんので……」

新十郎は激しく勃起して答え、また美花の発する甘い匂いが濃くなって、相当な興奮も伝わってくるようだった。

「どんなふうにされたの？」

「私が仰向けになると、お嬢様が私の顔に足を載せたのです」

「そう……、してみてもいい……?」

美花は、囁くように言った。我儘《わがまま》放題のお嬢様だが、さすがに羞恥《しゅうち》やためらいもあり、それより今は僅かに好奇心が勝っているのだろう。

「はい。どうぞ」

新十郎が言ってそっと仰向けになると、美花も指を震わせながら両の足袋を脱ぎ去り、形良く白い素足を露わにした。

そして彼女は立ち上がり、壁に手を突いて身体を支えながら、恐る恐る片方の足を浮かせ、そっと彼の顔に載せてきた。

「ああ……、生温かくて、変な感じ……」

美花が声を震わせて言い、体重はかけずに彼の鼻あたりで指先を縮《ちぢ》こめた。

新十郎も、ほんのり汗ばんで生温かな足裏の感触にうっとりとなっていた。踵《かかと》はやや硬く、土踏まずは柔らかだった。そして指の股は汗と脂にじっとり湿り、ほのかな匂いを籠もらせていた。

舌を這わせはじめると、

「あん……!」

美花が声を洩らし、びくりと脚を震わせた。裾が揺れ、生ぬるい風が新十郎の顔を撫《な》で、白い脹《ふく》ら脛《はぎ》まで見上げることが出来た。しかし、それ以上奥は暗がりで見えなかった。

新十郎は、まんべんなく足裏を味わってから、濃い芳香の染みついた指の股にも舌を這わせた。うっすらとしょっぱい味と匂いがして、割り込んだ彼の舌を挟み付けるように美花が指先を縮めてきた。

「ああ……、くすぐったくて、いい気持ち……」

美花が息を弾ませながら言い、疲れたのか足を交代させてきた。

また新十郎は舌を這わせ、蒸《む》れた新鮮な匂いで鼻腔を刺激されて興奮を高めた。まさか町娘の足裏を舐めるなど、昨日までは夢にも思っていなかったことだ。

そちらの足も味と匂いが消え去るまでしゃぶっていると、真上の遥か高みから、美花が息を詰めて言った。

「ね……、他にはどんなことされたの。別の場所も舐めさせられたりしたの……？」

「え、ええ……」

新十郎は、舌を引っ込めて答えた。

「どこを……？」

「その、私の顔の上にしゃがみ込んで……、あとは言えません……」

新十郎は、勿体《もったい》つけて言った。そんな事実はないが、乙香の陰戸を舐めた感激が忘れられず、それで誘うように言ってしまったのだ。

美花にも、充分に淫猥な雰囲気は伝わったようである。

「まあ……、まさか、あそこを……。そんな、犬のようなことをさせたのね、お武家の女は……」

美花は激しく息を弾ませて言った。武家への憤りではなく、興奮だろう。その証拠に、美花が言った。

「私も、そのようなことして、罰が当たらないかしら……」

美花は呟《つぶや》くように言いながら、なおも片方の足で彼の鼻や口を軽くこすった。迷っているのだろう。確かに顔にしゃがんで陰戸を舐めさせるのは、絶大なときめきと快感があるだろうが、激しい羞恥もある。

おそらく春本に書かれているように、美花も自分で慰《なぐさ》める経験ぐらいあるのだろうが、実際男に舐めさせたとなると、後戻りできない壁を越えるようなものだった。

しかし、その時である。

いきなり襖《ふすま》ががらりと開いて、奈津が顔を見せたのだった。

「美花、店の手伝いを……、まあ！　何やってるんだい！」

奈津は、仰向けの新十郎の顔を踏みつけている娘の姿に驚いて声を上げた。

「あん、ごめんなさい、おっかさん……！」

美花も激しく驚き、慌てて彼の顔から足を引っ込めると、脱いだ足袋を摑《つか》んで逃げるように部屋を飛び出していってしまった。

「新、いったい何を……」

廊下を走り去ってゆく美花を見送ってから、奈津は嘆息して新十郎に向き直っていった。

「申し訳ありません。お嬢様の言いつけに従い……」

身を起こした新十郎は、奈津の足元に平伏して答えた。

「ああ、聞かなくても分かってるよ。あの子は、去年うちの人が死んでからはろくに構ってやれないで、我儘放題なのさ。歳が近くて新入りのお前をからかいたかったのだろうさ」

奈津は言い、疲れたように彼の前に座った。

「まして、お武家のお屋敷から来たお前が珍しかったんだろう。許しとくれよ。それから、このことはどうか乙香様には言わないでおくれ」

奈津は言いながら、手拭いで彼の鼻や口を拭ってくれた。

「はい、決して申しません」

「でも、お前は本当に頭が良さそうで、可愛らしすぎる。乙香様も、あるいはお前がそばにいると、どうにも我慢できなくなりそうで、それでお屋敷を出したんじゃないだろうかねえ。そんな気がするよ……」

手拭いで彼の頰を撫でながら、奈津が熱っぽい眼差しで言った。拭いているというより、手拭いを通して彼の頰の感触を味わっているようだった。

後家なので、お歯黒は塗らず綺麗な白い歯並びが覗いている。ほのかに花粉のような甘い匂いが感じられた。乙香よりも、胸や尻は豊満そうだった。

しかし、すぐに奈津は手拭いをしまって立ち上がった。

「さ、庭の掃除にお行き」

「はい」

言われて新十郎が答えると、奈津は足早に部屋を出て行ってしまった。

彼も立ち上がり、何とか勃起を鎮めたが、部屋を出る前にそっと美花の使う夜具に顔を埋め、甘い匂いを胸いっぱいに吸い込んでしまった。それで興奮冷めやらぬまま庭に出て掃除をはじめた。

やがて夕刻まで働き、大童《おおわらわ》の厨の仕事も手伝った。

すると奈津が新十郎を呼んだのだ。

「ちょっと、気になる客がいるのだけれど、多くのお武家を見てきたお前なら分かるかも知れない。一緒に来ておくれ」

言われて、彼は奈津とともに初めて二階の客間の方へ行ったのだった。

第二章　熟れた女将の甘い匂い

一

「お前が居た御賄い頭のお屋敷には、多くのお武家が出入りしていただろう?」

「はい。やはり城中と縁を持ちたがる御家人や商人などが、貢《みつ》ぎ物を持ってくることがありました」

　奈津に言われ、新十郎は正直に答えた。実際、仙之助が在宅の折、あるいは亡父が存命中の時も多くの者たちが機嫌伺《うかが》いにやってきたものだった。

「じゃ、見た感じでいいから、お前が思ったことを言っておくれ」

　奈津は言い、彼に銚子の載った盆を持たせて客室へ行った。

「失礼いたします」

　奈津が声をかけ、応答があったので襖を開けて頭を下げた。

「お酒のお代わりをお持ちいたしました」

奈津が座敷に入って言うと、廊下に座った新十郎が盆を奈津の方へと差し出した。

それを彼女が受け取る僅かの間に、彼は客を盗み見た。

（げ……！　兄上……）

あるいはと不安を覚えていたが、中にいるのは武士が二人だ。床の間を背負った上座に兄の仙之助。下座にいるのは、二十代半ばの武士だ。

通常、料亭では芸者などを呼ぶことも少なくないのだが、兄たちは二人きりで話をしていた。してみると遊興ではなく、仕事に関する話なのだろう。

幸い、兄も若い武士も新十郎の方を見ることもなく、彼もまたなるべく顔を伏せていたので、知られずに済んだ。奈津も、二人の盃に酌をしてから、長居はせず空いた皿だけ下げて、すぐに引き上げてきた。

二人は階下に戻り、人気のない廊下の隅で話した。

「どうだった？　知っている方かい？」

「はい。上座にいたのは、御膳奉行の深見仙之助様……」

「ああ、深見様はご贔屓《ひいき》にしてくださるからよく知っているよ。優しくて、とても良い方さ」

奈津が言う。新十郎は、あらためて乙香に言われた使命を思い出したが、どの程度親しいのかはよく分からない。

「もうお一方は、よく分かりませんが」

「そう、お名や役職ではなく、見た感じはどうだい？　上に取り入ろうとする、こすい輩《やから》に見えるかい？」

「さ、さあ……、そう言われましても、僅かの間では。ただ、お屋敷に来るお武家に似た雰囲気があります。それは、内に秘めた野心だろうかと思いますが」

新十郎は、つい番頭の甲吉に似た眼差しだと言いそうになったのを呑み込んだ。

「そうかい。あの人の名は、山辺竹清《やまべたけきよ》」

「山辺様と言えば、御膳所御台所頭の家ですが……」

「ああ、最近養子を迎えたようだ。お旗本の次男坊でお父上は納戸組頭《なんどくみがしら》。格下に来たのでだいぶ腐っていたけれど、深見様の説得で、だんだんとやる気になってきたようだねえ」

「そうですか……」

「まあ、何か気になるときは、またお前の人相見に助けてもらうよ」

奈津は冗談めかして言い、また厨の方へ行ってしまった。

新十郎も、手伝いに行こうとしたが、そのとき階段を下りてきた者がいた。

「おい、お前なぜここにいる」

仙之助である。どうやら気づかぬふりをしていたようだが、さっき一瞬にして町人髷の彼を弟だと見破っていたようだった。

「あ、兄上……、どうか内密に……」

「だから、どういうことなのだ。今日夕刻、いったん家に帰ったが、お前が居ないので訊くと、実家の蔵の片付けを手伝いに泊まり込みに行ったと乙香が」

「はあ、実はしばらくここで働くことに」

「乙香の言いつけか」

「はい。どうも兄上が女将の奈津さんと怪しいから探れと」

新十郎は正直に言ってしまった。他に巧《うま》い言い訳など考えつかなかったのである。

すると仙之助は、ぷっと吹き出した。

「莫迦《ばか》だな、あいつは。私もあることを探りに、何かとここへ立ち寄っていただけなのだ。まあいい、気づかぬふりをしているから、あれの気の済むようにしてやれ。確かに、勉強にはなるだろう」

「はい。済みません」

「ああ、たまに私の役にも立ってくれ。そのうち、何か頼むかも知れん」

仙之助が言うと、そこへ奈津が戻ってきた。

「まあ、何か粗相《そそう》でも……」

奈津は、新十郎が叱《しか》られているとでも思ったようだ。

「なあに、厠に寄ったついでに、見知った男を見たものでな」

「はい。御賄い頭様のお屋敷に奉公していた新吉でございます」

「そうか。そうそう、新吉だったな。確かに私の妻の実家で働いていた。なかなかの切れ者だからな、重宝に使うが良い。では私は先に帰るから、山辺はもう少し飲ませてやってくれ」

仙之助はそう言って奈津に金を渡し、彼女も玄関まで見送りに行った。

「新吉、お前は二階の空いたお皿をお下げして」

「はい」

新十郎が言い、仙之助にも辞儀をすると、兄は奈津にぺこぺこしている彼に苦笑しながら店を出て行った。

階段を上がり、山辺が残っている座敷へ入ろうとしたが、新十郎は動きを止めた。

襖の隙間から、番頭の甲吉が見えたのである。甲吉は切り餅（紙に包んだ二十五両）を山辺に手渡していたのだった。

「ああ、いつも済まぬな、甲吉」

「滅相《めっそう》も。私がここの婿に入れば、もっと金は好き勝手になりますので」

山辺が悪びれず金を袂《たもと》に入れて言うと、甲吉も薄笑いを浮かべて答えた。

やがて甲吉が出てくると、新十郎はたった今階段を上がってきたように装った。

「お前、何で二階に」

びくりとした甲吉が、咎《とが》めるように言った。

「はい。女将さんに、空いた皿をお下げするよう言いつかりました」

新十郎は頭を下げて言い、さらに声をかけ、中に入って兄の分の皿や小鉢を盆に載せた。山辺は、一人で盃を重ね、彼の方を見ようともしなかった……。

——ようやく全ての客が帰ると、一同は遅い夕餉《ゆうげ》を済ませ、順々に入浴した。

もちろん新十郎は後片付けを済ませ、最後の入浴を終えたときには五つ半（午後九時頃）を廻っていた。

裏口に近い、あてがわれた三畳間の女中部屋に戻ると、彼は床を敷き延べた。寝巻きに着替えて仰向けになると、心地よい疲労感が全身を包んでいた。しかし嫌ではなく、むしろ心地よかった。

いかに今まで、無為の日々を過ごしてきたか、こうして働くことがいかに楽しいか、身を以《もっ》て知った思いだった。もっとも、幼い頃からずっと奉公してきたものを思えば、彼は腰掛け気分で気楽なものだろう。

しかし仙之助にも正直なところを打ち明け、取りあえず兄の言葉を信じるならば奈津とも無関係のようで安心していた。

身体は疲れているのに、興奮に眠れなかった。何しろ、他人の家で寝るなど生まれて初めてなのである。室内には小さな障子窓もあり、そこから月光が柔らかく射し込んで薄明るかった。

そのうえ布団にも枕にも、甘ったるい匂いが染みついているのだ。どんな顔で何歳の女中が使っていたか知らないが、若くて綺麗な娘だと思い込んでしまい、激しく勃起してきてしまった。

しかも昼間は、美花の唾液を飲み、足の裏を舐めたのだ。その体験も、忙しさにかまけていたが、今は鮮烈に味や匂いが思い出された。

手すさびしてしまおうか、とも思った。そうすればよく眠れるだろう。

だが、その時そっと襖が開けられた。

「え……？」

驚いて見ると、寝巻き姿の奈津が入ってきて、そっと人差し指を口の前に立てた。

奈津は内側から襖を閉めると、素早く横になって彼に添い寝してきた。

「さあ、こうして。内緒で話しておきたいことがあるのさ」

奈津は、狭い部屋の中でぴったりと身体をくっつけ、小柄な新十郎に腕枕してくれながら囁《ささや》いた。

湯上がりの匂いに、彼女本来の甘ったるい体臭が混じり、それに熱く湿り気ある息が白粉花のようにかぐわしく香った。兄嫁の匂いに似ているが、お歯黒はしていないので、金臭い成分は感じられない。

「は、はい……」

新十郎は、急激な興奮に息を震わせて答えた。何やら、すでに眠ってしまい、艶《なまめ》かしい夢でも見ているような気になった。

「お客様扱いはしないと言ったけれど、やっぱり多くのお武家と知り合いであるお前は、他の使用人とは少し違うんだよ。そして美花も、どうもお前が気になるようだ。これからも無理難題を押しつけるかも知れないけれど、どうか辛抱して怒らないでいておくれ」

「怒るだなんて、そんな……」

新十郎は、熟《う》れた美女の匂いに包まれ、頭をくらくらさせながら答えた。

「ああ、お前は優しそうだから怒ったりしないだろうけどね、どうにも、何かしたくなってしまう可愛らしさがあるのさ……」

奈津は熱っぽい眼差しで近々と見つめて囁きながら、とうとう唇を重ねてきた。

二

「ンン……、ああ、美味《おい》しい……」

奈津は新十郎の口を舐めてはうっとりと言い、やがて本格的に舌を潜《もぐ》り込ませてきた。長い舌が口の中を隅々まで舐め回し、新十郎もからみつけた。

熱く甘い息が鼻腔《びこう》を満たし、生温かくねっとりとした唾液が心地よく彼の舌を濡らした。

彼女は次第に夢中になり、貪《むさぼ》るように新十郎の口を吸い、上になってのしかかってきた。やはり去年、夫を亡くしてから、相当に欲求も溜まっていたのだろう。

奈津は執拗に舌を蠢《うごめ》かせ、彼も熟れた美女の甘い唾液と吐息にうっとりと酔いしれた。心の中で、早々と手すさびで終えていなくて良かったと思った。

ようやく長い口吸いを終え、奈津が唇を離し、淫らに唾液の糸を引きながら顔を寄せて囁いた。

「もう、乙香様には食べられてしまった？」

熱く甘い息で言われ、新十郎は小さくかぶりを振った。その方が奈津が喜ぶと思ったし、乙香の名誉にも関わるだろうから無垢を装った。

「そうだろうね。お武家はそんなことしないだろうし、お前の綺麗な目は無垢そのものだよ」

奈津は勝手に納得し、さらに何度か慈《いつく》しむように彼の唇や鼻の穴を舐めては、互いの寝巻きの帯を解きはじめた。

「いいかい？　もし嫌だったらお言い……」

奈津は囁きながら見事に豊かな乳房を露わにし、色づいた乳首を彼の顔に押し当ててきた。新十郎も吸い付き、甘い汗の匂いに包まれながら舌で転がした。

「アア……、嫌じゃないんだね。もっと強く吸って……」

奈津はうねうねと身悶《みもだ》えながら喘ぎ、さらに強く膨らみを押しつけた。

新十郎は美女の体臭に噎《む》せ返りながら夢中で吸い、彼女に導かれるままもう片方も含んだ。

「ああ……、いい気持ち……、そっと嚙《か》んでおくれ……」

奈津が言うと、新十郎は軽く前歯で乳首を挟み、こりこりと嚙みながら舌先で弾《はじ》くように舐め回した。

「あうう……、堪《たま》らない……」

彼女は狂おしく身悶えながら、そっと彼の下帯を外し、一物に触れてきた。

「大きい……。嬉しいよ、嫌じゃないんだね……。お前の初物を奪うよ、いいね？」

奈津が熱っぽく囁くので、新十郎も小さくこっくりした。

それにしても昨夜、二十五歳の兄嫁と初体験をし、今夜は三十代半ばの町家の女将《おかみ》と情交できるとは、急に女運が巡ってきたようだった。

奈津は身を起こし、彼の肉棒をやんわりと握り、いきなり屈《かが》み込んできた。そして熱い息を股間に吐きかけながら、先端を含んで吸い付いた。

「ああ……」

「まだ出したら駄目だよ。濡らすだけだからね」

奈津が口を離して言い、あらためて喉の奥まですっぽりと呑み込み、温かな唾液にまみれさせながら舌をからめてきた。

そして彼が暴発する前に口を離し、彼の手を握って陰戸へと導いた。

「いじって……」

奈津が再び添い寝して言う。やはり、すぐに交接するよりも、こうした戯《たわむ》れの時間を楽しみたいようだった。柔らかな茂みを掻《か》き分けて、指を割れ目に沿って這わせると、ぬるっとした熱い感触が伝わってきた。

「ああ、そこ、もっと……」

指の腹が突起に触れると、奈津が声を上ずらせて言い、ぬめりの量が格段に増してきた。

「ねえ女将さん、私も、ここを舐めてみたい……」

「い、いいのかい……？　嫌だったら、すぐ止めるんだよ……」

新十郎が言うと、奈津は息を震わせ、急に緊張と興奮が高まってきたように答えて仰向けになった。全く体験が無いわけではなさそうだが、あまり亡夫には舐めてもらったことがないようだった。

入れ代わりに彼は身を起こし、大股開きになった奈津の股間に顔を寄せて腹這いになっていった。

薄暗がりの中に、黒々と密集した茂みと、ぬめぬめと光沢を放つ陰戸が見えた。この穴から、十六年前に美花が生まれ出てきたのだ。

顔を埋め込むと、柔らかな恥毛が鼻をくすぐった。湯上がりの香りに彼女本来の体臭、汗とゆばりと蒸れて生臭い蜜汁の匂いが鼻腔を掻き回してきた。

舌を這わせると、やはり乙香と同じく淡い酸味の淫水が感じられた。

膣口と柔肉を舌で探り、オサネまで舐め上げていくと、

「アアッ……！」

奈津がびくっと下腹を波打たせ、顔をのけぞらせて喘いだ。

新十郎は舌先をオサネに集中させ、溢れる蜜汁をすすった。さらに彼女の両脚を抱えて尻を突き出させた。

「な、何をするんだい……」

「こうしたいのです。じっとしていて……」

彼は言い、戸惑う奈津の白く豊かな尻の谷間に顔を埋め込んでいった。きゅっと閉じられた肛門に鼻を押し当てたが、残念ながら淡い汗の匂いだけで、生々しい刺激臭は感じられなかった。

それでも舌を這わせると、彼女はたいそう驚いたようだ。

「ヒッ……！　嘘……、どうして、そんなところを……」

奈津は息を呑み、拒《こば》むように蕾《つぼみ》を引き締めた。この部分を舐められるのは、初め

てだったようだ。

新十郎は細かな襞を丁寧に舐め、充分に濡らしてから舌先を潜り込ませ、滑らかな粘膜まで味わった。

「アア……、やめとくれよ、変になっちゃう……」

奈津が大量の淫水を漏らしながら身悶え、声を上ずらせて言った。

ようやく舌を引き抜き、彼女の脚を下ろしながら溢れる蜜汁を舐め取り、彼は柔肉からオサネまで舌を戻していった。そして上唇で包皮を剝《む》き、小さな突起を断続的に吸い上げると、

「あ……、駄目……！」

奈津が口走るなりビクッと身を強ばらせ、激しい勢いで新十郎の顔を股間から追い出し、引き上げながらガクガクと熟れ肌を波打たせた。

気を遣ったか、あるいは寸前までいったものの、早々と達してしまうのを惜《お》しんだのかも知れない。

「どうしてあんなところまで舐めるの……」

彼女は、新十郎の顔を胸に抱きすくめながら、激しく息を弾ませて言った。

「だって、どうしても舐めてみたかったから」

「本当に、湯上がりで良かった。おかしくなるところだったよ……」

「女将さんみたいに綺麗な人なら、湯上がりでなくても舐めたいです」

「アア……、駄目駄目、そんなこと言ったら、あたしは息子みたいな歳のお前に夢中になっちまうよ……」

奈津は愛しくて堪らぬように囁きながら、熱く甘い息を震わせて淫水に濡れた彼の口や鼻を舐め回してきた。そしてやんわりと一物を握ると、そのまま新十郎の股間に跨《また》がり、先端を濡れた陰戸にあてがいながら腰を沈み込ませてきた。

たちまち、屹立《きつりつ》した肉棒は、ぬるぬるっと滑らかに膣内へ吸い込まれてゆき、何とも心地よい肉襞の摩擦と温もりが彼自身を包み込んだ。

「ああッ……！」

奈津が完全に座り込み、股間を密着させながら喘いだ。

新十郎も、美花を産んだと思えぬほどキュッときつく締め付けられ、暴発を堪えて息を詰めた。

彼女は顔をのけぞらせ、何度かぐりぐりと股間をこすりつけるように動かし、やがて身を重ねてきた。新十郎も下からしがみつき、熱いほどの温もりと感触を心ゆくまで味わった。

「なんて、いい……」

奈津が彼の耳元で熱く喘ぎながら、次第に本格的に腰を使いはじめた。

彼も下から股間を突き上げ、溢れる蜜汁で内腿までびしょびしょにしながら激しく高まっていった。

「い、いく……、アアーッ……！」

たちまち奈津が声を上げ、狂おしく痙攣《けいれん》しはじめた。同時に膣内の収縮も最高潮になり、その勢いに巻き込まれるように、続いて新十郎も絶頂に達していった。

「く……！」

突き上がる絶大な快感に呻きながら、彼はありったけの熱い精汁を勢いよく、ドクドクと柔肉の奥へとほとばしらせた。

「あうう……、感じる。もっと出して……」

内部に噴出を感じ取った奈津が言い、まるで全身で彼を食い尽くすかのように、のしかかったまま動き続けた。

新十郎は最後の一滴まで心おきなく出し尽くし、やがて満足げに力を抜いて動きを止めていった。奈津も、徐々に熟《う》れ肌の硬直を解きながら、ぐったりと彼に体重を預けてきた。

彼は奈津の熱く甘い吐息を間近に嗅ぎながら、うっとりと快感の余韻を味わった。

やがて奈津は充分に呼吸を整えて身を起こすと、懐紙を取り出して互いの股間を拭き清めた。

「さあ、明日も早いからね、今夜はこれでおやすみ……」

奈津は後悔の色も見せず、すっかり満足した様子で囁くと、そっと彼の部屋を出て行った。そして新十郎も、急激に巡ってきた女運を嚙みしめながら、さすがに疲れてすぐ眠り込んでしまったのだった。

三

「ね、新吉。ここへ入りましょう」

「え？　芝居へ行くのではなかったのですか……？」

美花に言われ、新十郎は戸惑った。市村座《いちむら》の芝居が行なわれている神田明神《かんだみようじん》まで来たものの、彼女が指したのは、明らかに出合い茶屋だったのである。

今日は美花が芝居を観に行くというので、奈津に頼まれた新十郎が付き添うことになったのだ。

しかし美花は、芝居よりも二人きりになれる場所へ行きたがった。確かに家の中では、先日のようにいつ奈津が入ってきてしまうか分からない。

「ええ、今日はお芝居よりも、お前と二人きりになりたいの」

美花は、ほんのり頬を染めて言った。

「でも、家へ帰ったら芝居のことを訊かれるかもしれません。演目と役者ぐらい覚えておきましょう」

新十郎が言うと、美花も、それもそうだと思ったか素直に芝居小屋の前まで足を運んだ。

すると、ちょうど演目が終わったか、客たちがぞろぞろと小屋から出てきた。

「まあ、玄庵《げんあん》先生」

「おお、美花ちゃんか。これから観るのかい。ゆっくり楽しんでおいで」

知り合いが出てきて、美花が挨拶すると、玄庵と呼ばれた四十代半ばほどの男が笑顔で答えた。彼女が先生と呼んだし、総髪に結って縫腋《ほうえき》を身にまとっているので、医者だろう。

彼は美花と一緒にいる新十郎をちらと見て、やがて帰っていった。

「あの人は町医者ですか」

「ううん、結城《ゆうき》玄庵先生と言って小田浜《おだはま》藩の御典医なのだけれど、去年うちのおとっつあんが危篤《きとく》になったとき、ちょうど通りかかって診てくれたの。結局、手遅れになってしまったけれど、ずいぶんお世話になったわ」

美花が言い、やがて二人は芝居小屋の前に行った。色とりどりの役者絵が並び、出し物は『京鹿子娘道成寺《きょうがのこむすめどうじょうじ》』だ。これなら新十郎も話は知っている。

安珍清姫《あんちんきよひめ》の逸話を基にした出し物で、白拍子《しらびょうし》が鐘に入り、再び出たときは大蛇に変身しているというカラクリが見物らしい。新十郎はあらすじと役者の名前、見せ場などを美花に説明すると、彼女も真剣に頭に入れていった。

新十郎も、最初は芝居が観たかったが、やはり美花が望むなら、二人きりで戯《たわむ》れる方がずっと良い。

二人は最小限の知識を叩き込むと、気が急くように芝居小屋を離れて明神裏の方にある出合い茶屋へと入っていった。

初老の仲居に案内されて階段を上がり、二階の隅の部屋に入った。

床が敷き延べられ、枕が二つ並び、桜紙が用意されていた。まさに、情交するだけのための部屋である。

それを見て、美花も相当に緊張しはじめたようだった。

「ね、こないだの続きをしてみたいの……。ここなら邪魔は入らないし……」

「はい。構いません。どうかお好きなように」

言われて、新十郎も期待と興奮に激しく胸を高鳴らせて答えた。

そして彼女の行動を促《うなが》すように、彼は先に布団に仰向けになった。さすがに綿が多く、女中部屋の布団より柔らかく快適だった。

美花も笑窪《えくぼ》の浮かぶ頰を上気させ、足袋を脱いでから彼の顔のそばに立った。

「いいのね？　また同じようにしても」

美花は念を押してから、そっと足裏を彼の顔に載せてきた。

新十郎は、汗ばんで生温かな踵と土踏まずを舐め、指の股に鼻を押しつけて蒸れた匂いを嗅いだ。

前回より、ずっと湿り気と匂いが多くて、その刺激が彼の股間に心地よく伝わってきた。やはり美花も、今日はそのつもりで来ていたから緊張に汗ばみ、それにずいぶん歩き回ったのだ。

「ああン……、くすぐったい……」

爪先《つまさき》をしゃぶり、指の間に舌を割り込ませると、美花が喘いで思わずぎゅっと踏みつけてきた。

そして充分に舐めると、彼女は床の間の柱に摑《つか》まりながら、自分から足を交代させてきた。新十郎は、また美少女の足の新鮮な味と匂いを心ゆくまで貪り、激しく勃起していった。

やがて両足とも堪能し尽くすと、美花が彼の顔の横に立ちながら恐る恐る言った。

「こないだの話だけれど、そのお武家のお嬢様は、お前にどこを舐めさせたの……」

遥か高みから美花が言い、その緊張と興奮が伝わってくるようだった。

「はい。私の顔を跨いで、厠《かわや》のようにしゃがみ込んだのです」

「まあ……、そんな恥ずかしいこと、信じられないわ……。でも、私がしても、お前は同じようにしてくれるの……」

美花も、羞恥と戦いながら、今は好奇心の方が勝っているようだった。やはり、こうした場所に来た以上、ためらいよりも行動が優先されるのだろう。ここは、そうしたことを大胆に行なう、夢の世界なのである。

「はい。何でも、お嬢様のしたいように……」

期待しながら言うと、とうとう美花も意を決し、思い切って彼の顔に跨ってきた。

顔の左右に足が置かれ、揺れる裾の風が生ぬるく顔を撫《な》でた。

白い脹《ふく》ら脛《はぎ》が真上に伸び、やがて彼女は厠にしゃがみ込むように、自ら裾をからげて腰を沈み込ませてきた。

股間の暗がりが、障子越しに射す昼日中の光に晒《さら》されて新十郎の鼻先に一気に迫った。それは何と感動的な眺めであっただろう。生娘《きむすめ》の陰戸というばかりでなく、今まで乙香のも奈津のも、夜の暗いところでしか見ていなかったのが、今ようやく細部まではっきりと観察できるのだ。

「アア……、恥ずかしい……」

完全にしゃがみ込みながら、美花が声を震わせて言った。

裾が完全にめくれて、脹ら脛も内腿もむっちりと健康的に張りつめていた。股間はぷっくりと丸みを帯び、楚々《そそ》とした若草が羞恥に震えていた。割れ目からは薄桃色の花びらがはみ出し、それも僅かに開き、奥でぬめぬめと潤う柔肉が覗いていた。

奈津と同じく、かなり汁気の多いたちなのだろう。

それにしても、母親と情交した翌日、その娘の陰戸を間近にするとは夢にも思わなかった。

町家に住み込むようになってから、新十郎は夢の中にいるようだった。

「お嬢様、中を舐めるので、触れますよ……」

新十郎は真下から囁き、そっと指を当てて陰唇を左右に広げた。

「あん……！」

初めて触れられ、美花がか細く声を洩らして内腿を震わせた。

陰唇の中は、何とも美味しそうな桃色の柔肉だった。処女の膣口は、花弁のように入り組む細かな襞に囲まれて息づき、ぽつんとした小さな尿口もはっきり見えた。そして包皮の下から顔を覗かせるオサネも、実に綺麗な光沢を放ち、よく見ると男の亀頭を小さくしたような形だった。

股間全体には、乙香や奈津とは違う幼い体臭が籠もっていた。実際は汗とゆばりの匂いなのだろうが、それは赤ん坊の匂いに近い感じだった。

やがて彼は腰を抱き寄せ、柔らかな若草の丘に鼻を埋め込んだ。

隅々には、何とも甘ったるく刺激的な匂いが籠もり、新十郎は匂いだけですぐにも漏らしそうなほど高まってしまった。

内部を舐めはじめると、熱いぬめりが舌を濡らした。陰唇の表面はゆばりや汗の味が、そして蜜汁はやはり淡い酸味が含まれていた。

「アアッ……、ほ、本当に舐めているの……？　嫌な匂いしない？　不味《まず》かったら止めていいのよ……」

美花は息を弾ませて言い、快感を覚えながらも急に弱気になったようだった。

新十郎は、大丈夫だというふうに舌の動きを活発にさせ、さらに奥へ差し入れていった。

そして滑らかな柔肉をたどり、舌先でゆっくりとオサネを舐め上げてゆくと、

「ああーッ……、き、気持ちいいッ……！」

美花が激しく喘ぎ、柔肉を蠢かせ、新たな蜜汁を漏らしてきた。

新十郎は美少女の新鮮な匂いに酔いしれ、溢れる淫水をすすりながら舌先でちろちろと集中的にオサネを舐めた。

もちろん白く丸い尻の真下に潜り込み、両の親指でぐいっと谷間を広げながら、可憐な薄桃色の蕾にも鼻を埋め込んでいった。そこは前の部分と違い、秘めやかな微香が馥郁《ふくいく》と籠もっていた。

舌先でくすぐるように舐めると、細かな襞の震えが伝わってきた。

「あう！　どこを舐めているの……！」

美花が驚いたように言ったが、拒《こば》むことはしなかった。新十郎は下から尻を抱えて舌を這わせ、内部にもぬるっと押し込んで滑らかな粘膜を味わった。

「アア……、そんなとこ舐めて、嫌じゃないの。病気になるわよ……」

彼女が声を震わせて言うが、新十郎は気が済むまで味わい、再び舌でワレメをたど

り、オサネに戻っていった。

「あん……、そこ……」

美花が息を呑んで言い、とうとうしゃがんでいられず、新十郎の顔の左右に両膝を突き、亀の子のように突っ伏してしまった。

四

「ああ……、もう駄目よ。変だわ、そんなところを舐めるなんて……」

美花が、あまりの快感と羞恥に身悶えながら言い、彼の顔の上から股間を引き離して横になった。

新十郎が這い出して身を起こすと、彼女が手を握って抱き寄せた。

彼も自然に添い寝すると、美花が顔を寄せてきた。

「鼻も口もぬるぬるよ……、私のお汁……？」

美花が、果実臭の甘酸っぱい息で囁いた。潤んだ黒目がちの眼差しが熱く、ぷっくりした半開きの唇が何とも可愛らしかった。

「ええ、気持ち良かったでしょう……」

「気持ちいいけれど、あのまま舐められていたら、どうなるか分からず急に怖くなったの……」

「自分で、指でいじって気を遣《や》ったことは……？」

新十郎は、思いきって訊いてみた。

「いじったことはあるけれど、気を遣ったかどうかはよく分からないわ……。そのお旗本のお嬢様は、気を遣ったの？」

「はい……、多くの淫水を漏らして、何度も反り返って我を忘れたようです」

彼は作り話をしたが、美花は素直に聞いていた。

「そう……、でも情交すると、もっと気持ち良くなると聞いたけど、最初はたいそう痛いらしいの……」

「ええ、そのようですね」

「でも、お前となら、してみたいわ……」

美花は囁き、さらに顔を寄せて、新十郎の濡れた鼻や口に舌を這わせてきた。

彼も舌を伸ばしてからみつけると、何とも柔らかく滑らかな感触が伝わり、噛み切って食べてしまいたい衝動にすら駆られた。

美少女の息はかぐわしく、生温かくトロリとした唾液は実に美味しかった。

美花も夢中になって顔を押しつけ、いつまでも執拗に舌をからめていた。

ようやく口を離すと、彼女は身を起こし、帯を解きはじめた。

「ね、お前も脱ぐのよ」

言われて、新十郎も起き上がって手早く帯を解き、着物を脱いだ。

美花は、もうためらいなく振袖を脱ぎ去り、襦袢と腰巻まで解きはじめた。脱いでゆくたびに空気が揺らぎ、生ぬるく甘ったるい汗の匂いが漂った。

新十郎は先に下帯まで取り去り、全裸で横たわると、同じく一糸まとわぬ姿になった美花が、半身起こしたままにじり寄った。

そして彼の胸から腹を撫で、屹立した股間に熱い視線を注いできた。

「大きいわ……、変な形……、皆こうなの……?」

「ええ、大体……、もっと大きな人はいっぱいいますけれど……」

言われて、新十郎は興奮に幹を震わせて答えた。

すると、とうとう美花が手を伸ばし、指先で亀頭や幹に触れてきた。さらにふぐりを手のひらに包み込み、二つの睾丸を確認するように動かした。

「あう……、そこは、どうか優しく……」

「そうね、急所だから、蹴ったりしたらたいそう痛いのよね……」

美花も、手習い時代の仲間とそうした会話ぐらいしていたのだろう。多少の知識はあるようだった。

そして再び肉棒をいじると、鈴口から透明な粘液が滲《にじ》んできた。

「これは、ゆばり……？」

「いいえ、お嬢様が濡れたように、気持ち良くなると出るのです。でも気を遣ると、白い液が勢いよく飛びます……」

説明している間も美花が指を這わせ、新十郎は今にも絶頂を迎えそうになってしまった。

「気持ちいい？　どうしたら、もっと気持ち良くなるの？」

「唾を垂らして、濡らしてください……」

言うと、美花は愛らしい口をすぼめて顔を寄せ、握ったままそっと先端に唾液を垂らしてきた。糸を引く唾液が先端と口を結ぶと、彼女はそのまま唇を触れさせ、とうとう舐め回しはじめてしまった。

「あうう……、お嬢様……」

新十郎は狙いが当たったものの、あまりに呆気《あっけ》なくしゃぶってもらえたので、唐突な快感に戸惑いながら呻《うめ》いた。

いったん舐めてしまうと、すぐ戸惑いも薄れたようで、美花は熱い息を彼の股間に籠もらせながら、乳でも吸うように頬をすぼめて吸引し、喉の奥まで含んでは舌をからみつかせてきた。

たちまち一物は美少女の無垢で清らかな唾液に温かく浸り、最大限に膨張していった。たまに歯が触れてしまうのもご愛敬で、その新鮮な感覚にますます新十郎は高まった。

しかし深々と呑み込んでいるのは苦しいらしく、すぐ引き抜いて幹に両手を添え、亀頭ばかり吸っては舌先で鈴口をくすぐった。無邪気にぴちゃぴちゃと音を立ててしゃぶる様子は、まるで子猫が骨片でも押さえて舐め回しているようだった。

そして彼がいよいよ危うくなる前に、美花は口が疲れたように顔を上げ、再び添い寝してきた。

「ねえ、して……」

美花が熱っぽい目で囁いてきた。

「本当によいのですか……」

「ええ、お前の好きなように……」

言われて、新十郎も上になり、まずは唇を重ねていった。柔らかな唇と、唾液と吐息を心ゆくまで味わってから、彼は美花の白い首筋を舐め下り、桜色の乳首に吸い付いていった。

「ああ……」

美花が喘ぎ、びくっと顔をのけぞらせて肌を強ばらせた。

生娘は強く吸うと痛そうだから、そっと唇に挟み、舌で転がすように優しく愛撫してやった。膨らみは、奈津に似て徐々に豊かになりつつあるが、まだ柔らかさの中にも硬い弾力が混じっているようだった。

左右の乳首を交互に吸うと、美花は何度も身構えるように肌を硬直させた。

胸の谷間と腋からは、何とも甘ったるく無垢な汗の匂いが漂い、やがて新十郎は腕を差し上げて腋の下にも顔を埋め込んでいった。

じっとり汗ばんだ腋の窪みには、和毛《にこげ》が淡く煙り、心地よく鼻をくすぐってきた。

美少女の体臭は、兄嫁の乳の匂いにも似て甘ったるく、実に興奮をそそる芳香だった。新十郎は舌を這わせ、やがて滑らかな肌を舐め下りて、愛らしい臍《へそ》にも舌を差し入れて蠢かせた。

「あうう……、くすぐったい……」

美花は目を閉じ、次々に知る未知の感覚におののいていた。

腰骨も相当にくすぐったく感じるようで、美花は舌を這わせるたびに身をよじり、生ぬるい体臭を揺らめかせながら悶えに悶えた。

股間に顔を割り込ませると、さっき以上に陰戸は大量の蜜汁にまみれ、内腿から下の布団まで濡らしていた。

新十郎はもう一度茂みに鼻を埋めて美少女の匂いを嗅ぎ、溢れる蜜をすすってオサネを舐めた。

「アアッ……！　も、もう舐めないで……、入れて……」

美花が哀願するように言うので、彼も身を起こしていった。もちろん彼女は挿入をせがんでいるというより、オサネへの刺激が強すぎるのと、未知への体験を渇望しているのだった。

股間を進め、先端を膣口に押し当てた。

美花にとっては初めての体験。新十郎も、生娘は初めてだった。

ぐいっと腰を沈み込ませると、張りつめた亀頭がずぶりと膣口を丸く押し広げて潜り込んだ。

「あう……！」

美花が呻き、今までの羞恥混じりの快楽とは一変して苦痛に顔をしかめた。

しかし最も太い雁首が入ってしまうと、あとはぬめりに任せて滑らかに根元まで吸い込まれていった。

「く……！」

あとは声も出せないように、美花は眉をひそめて呼吸まで止めた。

新十郎は深々と貫き、熱いほどの温もりときつい締め付けの感触を味わいながら、そろそろと身を重ねていった。すると美花が激しく両手を回してきた。

彼も美花の肩に腕を回して肌を密着させ、そろそろと様子を見るように腰を突き動かしはじめた。

「アア……！」

「痛ければ止《よ》しますが」

「いいの、続けて……」

囁くと美花が健気《けなげ》に答え、また彼も快感に包まれ腰の動きが止まらなくなってしまった。それでも潤いが充分すぎるから、律動は実に滑らかで、くちゅくちゅと湿った音まで聞こえてきた。

彼女は痛いだけだろうから長く保たせる必要もない。というより、すっかり高まっていた新十郎は、すぐにも絶頂に達してしまった。

「ああッ……！」

彼は快感に貫かれながら喘ぎ、その時ばかりは美花への気遣いも忘れ、股間をぶつけるように激しく動いてしまった。同時に、熱い大量の精汁が勢いよく内部にほとばしった。

美花は、もう破瓜《はか》の痛みも麻痺《まひ》したようにぐったりとなり、ただ嵐が通り過ぎるのを待っているだけのようだった。

やがて新十郎は最後の一滴まで心おきなく絞り尽くすと、徐々に動きを弱めていった。そして美少女の甘酸っぱい吐息と、甘ったるい汗の匂いに包まれながら、うっとりと快感の余韻を味わうのだった。

五

「ただいま、おっかさん。すごかったわ、釣り鐘の中の早変わりで大蛇が」

日が傾く頃に帰宅すると、美花は、新十郎が案ずることもなく、明るく芝居見物の報告をしていた。その演技は実に上手く、まだ芝居の興奮を残しているように自然だった。

しかも幸い、奈津も忙しく立て込む時間だったため、

「ああ、そうかい、良かったね。新、お守《も》り御苦労さん」

と言っただけで、厨と客間の往復をしていた。

女は、こと娘のことに関すると勘が良いと聞くが、この分ならまず大丈夫だろうと新十郎も安堵《あんど》した。

交接を終え、股間を引き離したときには鮮血が陰戸を彩り、大変なことをしてしまったと新十郎は不安になったものだった。

さすがにそのときは美花もぐったりとなり、桜紙で拭いてやるときも痛がって身を強ばらせていたものだった。やがて処理を終えてからも、美花は起き上がる気力も湧かず、新十郎は添い寝してやっていたのだ。

幸い、芝居がはねる時間までは充分に余裕があったので、たっぷり休み、その間に彼は美花の身体と心を宥《なだ》めていたのである。

やがて美花も気を取り直し、身繕《みづくろ》いしてからは徐々に元気になっていった。まだ股間には異物感のようなものが残り、初体験の衝撃も胸を去らないようだったが、それ以上に新十郎と一つになれたことが大きかったのだろう。

そして帰りの道々、もう一度新十郎と今日の出し物を確認して歩いてきたのだ。

美花は何とか頑張って手伝いをし、新十郎も厨に入って膳に料理を並べた。

するとと奈津が来て言った。

「新、ちょっと客間に行っておくれ。お客様が相手をしてほしいって。大切な方だから粗相のないようにね」

「はい。ただいま……」

兄だろうか、と思いながら、新十郎はすぐにも厨を出て二階に上がっていった。

「失礼いたします」

声をかけて入ると、

「おお、まあ一杯やってくれ。連れが遅れるようだから、そのつなぎに話し相手になってほしい」

気さくに言った男は、芝居小屋の前であった医師、結城玄庵だった。

「はあ、新吉と申します」

盃を受け取り、新十郎は酒を飲んだ。

「ときに、おぬしなぜ町人のふりを?」

「え……?」

いきなり言われ、新十郎は驚きに目を見張った。思わず、図星と言っているのと同じ態度を取ってしまった。

「な、なぜ……」

「それそれ、手を添えていても、ちゃんと左手に盃を持ち、肘《ひじ》を張って飲んでいる。それに昼間も、歩き方で分かるものさ。幼い頃から大小を差していたものが、いきなり刀なしで歩けば、つい身体が右寄りに傾くものだ」

武士が左手に盃を持つのは、いつでも右手が刀に伸びるようにする習慣である。

「はあ……、そんなものですか……。でも、経緯《いきさつ》はご勘弁を」

「そうか。まあ、事情は聞かぬことにしようか。それより美花ちゃんは、だいぶお前さんにぞっこんのようだが、ちゃんと芝居小屋に入ったのかな」

「はい。面白かったです」

油断のならぬ男だなと思い、新十郎は警戒しながら答えた。

「釣り鐘の細工、下の方に綻《ほころ》びがあったが、直っていたかな?」

「さあ、良く覚えておりませんが」

「ふふ、まあいいさ。芝居小屋も待合いも、どちらも大いなる勉強だ。もちろん、お前さんが武士ということは、誰にも言わないから安心おし」

「はい。お願い致します……」

「ただ、長くここに居ないようだからな、あまり美花ちゃんを悲しませないように」

「承知いたしました」

新十郎が答え、あとは気軽な雑談をしながら相伴していると、間もなく連れが入ってきた。

「おお、来たか、藤介《とうすけ》」

玄庵が言い、三十ちょっと前の男を招き入れた。玄庵が新十郎を紹介すると、

「市ヶ谷《いちがや》で、藤乃屋《ふじのや》という摺り物職をしております藤介です」

藤介は折り目正しく言った。

「では、どうぞごゆっくり」

新十郎は辞儀をし、座敷を引き上げてきた。

階下に降り、また厨へ戻ろうとすると、

「おい、ちょっと来い」

番頭の甲吉が声をかけ、彼を裏口から外へ出した。

「はい、なんでしょう」

「お前、何様のつもりだ。新入りのくせに客間へ上がったり、お嬢様と芝居見物に行くとは」

「すべて、女将さんの言いつけですが」

「気に入らねえんだよ！」

甲吉は暗い目で睨《にら》みながら言い、いきなり拳を振り上げてきた。

しかし、拳骨が頬に当たる前に新十郎は僅かに首を傾けただけで避けた。いかに剣術が苦手でも、幼い頃から道場に通っていたのだ。何の武術も知らぬ男に殴りかかられても、その動きは実にゆっくりしたものに見えた。

「あれえ、よけやがるか、こいつ！」

「仕事の上の粗相なら殴られもしますが、今は殴られる謂《いわ》れがありません。親にもらった大切な身体ですからね」

「生意気な！」

甲吉は憤怒に顔を真っ赤にし、再び勢いよく殴りかかってきた。

新十郎は軽く避けながら甲吉の腕を摑み、僅かな腰のひねりで彼を投げ飛ばしていた。道場では、何かと新十郎が投げつけられていたのだが、今は実に見事に決まり、甲吉は一回転して土に叩きつけられた。

「うわ……！」

大して痛くはなかっただろうが、思わぬ反撃を受けたことに、甲吉は大げさに声を上げた。

「て、てめえ、まさか、さむれえ……、あるいは役人じゃねえだろうな……」

「ほう、役人に探られるようなことをしておるのか」

新十郎が武士の言葉で言うと、甲吉は尻餅を突いたまま後ずさった。

しかし、ここで口止めをしておかないと厄介なことになる。彼は甲吉に迫り、その胸ぐらを摑んだ。

「誰かに言えば、お前の首が飛ぶぞ。いいか、私は新入りの新吉だ。店の誰にも、それから御台所頭の山辺にも余計なことは言うなよ。分かったか！」

引き立たせながら低く言うと、甲吉はすっかり怯《おび》えて何度か小刻みに頷いた。

「お前たち、そこで何をしているんだい」

と、裏口から奈津が顔を出して声をかけてきた。

びくりと立ちすくむ甲吉に、新十郎は頭を下げて言った。

「番頭さん、以後気をつけますので、どうかお許しを」

「あ、ああ……」

甲吉は小さく答え、やがて奈津にぺこりと頭を下げて足早に厨へと戻っていった。

「どうしたんだい、新」

奈津は、甲吉と入れ違いに裏庭に出てきて言った。

「はあ、仕事が遅いと叱られていました」

「そうかい。叩かれたのかい？」

「いいえ、言葉で言われただけですので。玄庵先生のお座敷は、お連れが見えたので引き上げてきました」

「ああ、御苦労だったね」

奈津は言い、今日も綺麗に澄んだ月を見上げた。仕事も一段落し、まだ中に入る気もしないようで、新十郎も並んで月を仰いだ。

「あの番頭はね、どうも美花を好きなようだけれど、ためらいがあるのさ。うちの人が暖簾《のれん》分けした店から引き抜いたのだけど、どうも手癖の悪いところがあって、信用がおけないのさ」

奈津が言う。

そんな男を番頭にしているのは、やはり長く働いて仕事を知っているのと、他に優秀な者がいなかったからかも知れない。

「本当は、お前に婿に入ってもらいたいのだけれど、あたしと良い仲になってしまった以上、それを美花にやるわけにはいかないしね。お前が婿に入ったら、何度も私が忍んでいってしまいそうだから」

奈津の言葉に、新十郎は少しほっとした。是非にも入り婿に、と言われたら、それを振り切るのに一苦労だと思っていたからだ。少なくとも奈津は、新十郎と美花の仲を疑ってはいないし、婿の候補にも入れていないようだ。

やがて二人は中に戻り、仕事を再開させた。

第三章　我儘《わがまま》娘の淫らな好奇心

一

「また、してもいいかい……？　どうにも我慢できないんだよ……」

夜半、新十郎が湯殿から出て自分の部屋に戻ると、間もなく奈津が入ってきて言った。そして彼を仰向けにさせて下帯を取り去り、すぐにも反応しはじめた一物にしゃぶりついてきた。

「ああ……、女将さん……」

新十郎は身を投げ出し、素直に快感を受け止めた。

奈津は、この肉棒が昼間、娘の処女を奪って血に濡れたことなど夢にも思わず、熱い息を弾ませて喉の奥まで呑み込んだ。そして舌をからめ、たっぷりと唾液にまみれさせながら吸った。

彼自身は最大限に膨張し、絶頂を迫らせて高まった。

奈津はすぽんと口を離し、自分も手早く寝巻きを脱いだ。そして添い寝し、今度は熱烈に彼の唇を求めてきた。

「ンン……！」

熱く甘い息を弾ませ、彼女は長い舌を潜り込ませて、執拗《しつよう》に新十郎の口の中を舐め回した。

彼もしがみつきながら、豊かに息づく乳房を揉み、指の腹で乳首をいじった。

やがて新十郎が美女の甘い唾液と吐息を心ゆくまで味わうと、奈津は口を離し、豊かな膨らみを彼の口に押しつけてきた。

新十郎も夢中で吸い付き、甘ったるい体臭に包まれながら舌で転がすと、奈津は彼の手を握って陰戸へと導いた。滑《なめ》らかな内腿《うちもも》を撫で上げ、中心部に触れると、指先がぬるっと滑るほど熱い蜜汁が溢れていた。

「アア……、いい気持ち……」

奈津が声を上ずらせ、悩ましげに身悶えた。

彼は左右の乳首を交互に吸い、腋の下にも顔を埋め込んで、色っぽい腋毛《わきげ》に鼻をくすぐられながら舌を這わせた。

「ね、ねえ……、お願い……」

奈津が顔をのけぞらせながら、彼の顔を下方へと押しやって言った。

新十郎も素直に熟《う》れ肌を舌で下降し、柔らかな脇腹に軽く歯を立て、臍《へそ》を舐め、腰骨から太腿へと舐め下りていった。

早く陰戸を舐めたいし、奈津も望んでいるだろうが、そこは最後に取っておきたいのだ。

「アア……、何をするの……」

奈津が戸惑いながら喘ぎ、彼は脚を舐め下りて足首まで達した。そして足裏に舌を這わせ、指の股に鼻を押しつけた。湯上がりだが、ほんのり蒸れた匂いも感じられ、彼は味わいながら爪先にしゃぶりついた。

「あう……！　駄目、汚いのに……」

奈津は驚いたように声を洩らしたが、構わず全ての指の股に舌を割り込ませ、もう片方も念入りにしゃぶった。

そして脚の内側を舐め上げ、腹這いになりながら股間に顔を進めていった。

白くムッチリとした内腿を舐めると、もう奈津は身を投げ出し、すっかり興奮に荒い呼吸を弾ませるばかりとなった。

新十郎は黒々とした茂みに鼻を埋め込み、隅々に籠もる熱気を吸い込んだ。汗とゆばりの匂いは薄いが、その刺激は充分に彼を高まらせた。舌を這わせると、ぬるりとした大量の蜜汁が淡い酸味を伝えてきた。

膣口を舌先で掻き回し、柔肉をたどりながらオサネまで舐め上げると、

「ああッ……、そこ……」

奈津が喘ぎ、量感ある内腿できつく彼の顔を締め付けてきた。

新十郎は充分にオサネを舐め、溢れる蜜汁をすすり、また彼女の両脚を浮かせて豊満な尻の谷間に鼻を埋め込んでいった。

可憐な蕾《つぼみ》に刺激的な匂いはないが、舌を這わせると彼女は激しく反応した。

「く……、いや……」

息を詰めて言ったが、嫌というわりに自ら浮かせた脚を抱え込み、彼の鼻先にある陰戸からは新たな蜜汁を漏らしてきた。

新十郎は充分に内部まで舐めて濡らし、左手の人差し指を浅く潜り込ませてみた。

さらに右手の指も膣口に押し込みながら、再びオサネに吸い付いた。

「アア……、気持ち良すぎる……！　新、もっと……！」

奈津が狂おしく下腹を波打たせて言い、彼もまた前後に押し込んだそれぞれの指を蠢かせ、夢中で舌を這わせ続けた。

膣内は熱く濡れて指を締め付け、肛門はさらにきつく指をくわえ込んだ。

新十郎は両手を縮めているから痺《しび》れてきたが、奈津が悦んでいるので愛撫が止められなかった。

「い、入れて、お願い、新……！」

やがて奈津が口走り、指と舌の刺激を拒むように腰をよじってきた。

新十郎は前後の穴から指を引き抜き、舌を引っ込めた。膣に入っていた指は白っぽく粘つく蜜汁にまみれ、肛門内部に潜り込んでいた指先は、汚れはないが、ほのかな匂いをさせて彼の興奮を煽《あお》った。

彼もまた待ちきれなくなり、身を起こして本手（正常位）でのしかかっていった。

先端を濡れた陰戸に押し当て、位置を定めてゆっくりと挿入した。屹立した肉棒はたちまちヌルヌルッと滑らかに吸い込まれていった。

「ああーッ……！　いい、奥まで届く……」

奈津は顔をのけぞらせて喘ぎ、身を重ねていった彼を激しく抱き寄せてきた。

根元まで深々と貫いた新十郎は熟れ肌に身を預け、しばし膣内の温もりと感触を味わった。

すると待ちきれないように、奈津が下からずんずんと股間を突き上げてきた。

胸の下では豊かな膨らみが押し潰れて心地よく弾み、溢れた蜜汁が揺れてぶつかるふぐりをぬめらせた。

次第に彼も腰を突き動かしはじめ、何とも艶《なま》かしい肉襞の摩擦に包まれた。目の前では色っぽい口が喘ぎ、熱く甘い息が洩れている。新十郎は美女の吐息に酔いしれながら律動を続け、急激に高まっていった。

「い、いく……、新、もっと突いて、奥まで強く……、アアーッ……！」

先に奈津が声を震わせ、がくがくと狂おしい痙攣《けいれん》を開始した。同時に膣内の収縮も最高潮になり、本格的に気を遣ってしまったようだった。

続いて新十郎も、奈津の激しい絶頂の渦に巻き込まれ、溶けてしまいそうな快感に全身を包まれた。

「く……！」

突き上がる快感に呻《うめ》き、彼も昇り詰めながら熱い大量の精汁を勢いよく柔肉の奥にほとばしらせた。

「あぁッ……！　もっと出して……、気持ちいい……」

脈打つ一物の感触に、彼の絶頂を知った奈津は、駄目押しの快感を得たように口走り、彼を乗せたまま腰を跳ね上げ続けた。

新十郎は股間をぶつけるように動き続け、心おきなく最後の一滴まで出し尽くし、徐々に動きを弱めていった。

奈津は何度となく身をのけぞらせながら息を詰め、ひくひくと熟れ肌を痙攣させていたが、やがて彼が完全に動きを止めると、ようやく全身の硬直を解いて、溶けてゆくようにぐったりとなっていった。

彼も体重を預け、汗ばんだ肌を密着させた。奈津は満足げに目を閉じ、かぐわしい息を弾ませて、彼を乗せたまま大きく胸を起伏させていた。

新十郎が余韻の中で、萎《な》えかけてきた一物をぴくんと脈打たせると、

「あう……」

天井が刺激され、奈津は声を洩らしながら応えるようにキュッときつく締め付けてきた。

そしてようやく太い息をつき、呼吸を整えはじめた。

新十郎は重なったまま、様々な思いが頭をよぎってきた。不思議なことに目の前の奈津や、美花や兄嫁のことなど最近のことは浮かばず、幼い頃の両親の思い出や、道場で兄に鍛えられたことなどが、走馬燈のように明滅した。

おそらく淫気が解消された直後の僅かな時間は、実に清らかな気持ちになり、色欲

とは無縁の思いにとらわれるのだろう。あるいは射精直後というのは、一種の小さな死と同じようなものなのかも知れない。

もちろん少し経てば、また淫気が満々になってくるのである。

やがて呼吸を整えると彼は股間を引き離し、懐紙で手早く一物を拭ってから、身を投げ出している奈津の陰戸を拭き清めてやった。

そして添い寝していくと、奈津はなおも彼を胸に抱いた。

「いったい、お前は色々なことを誰に教わったんだい？　足を舐めたり、お尻の穴まで……」

「春本です……。ずいぶん色んなことが書かれていて、みな実際にするものとばかり思っていたのですが、そうではないのですか……」

「しないよ。男は何かと言えば、すぐ突っ込みたがるものさ。あちこち舐めるのは、絵空事の中だけのことだよ」

「そうですか……。もしお嫌なら、これから控えます」

「ううん、そうじゃないんだよ。私はちっとも嫌じゃないし、とっても気持ち良いのだけれど、お前が無理しているのじゃないかと思って」

「無理じゃありません。綺麗な女将さんの身体なら、足でも尻でも舐めていると嬉しくなるのです」

本当は奈津ばかりでなく、美花だろうと乙香だろうと、他の女たちだろうと隅々まで舐めたくて仕方がないのである。しかし奈津は感激したように、きつく彼を抱きすくめた。

「そうかい。いい子だね、お前は本当に……」

奈津は言ってもう一度口吸いをすると、やがて身を起こした。そして名残惜《なごり》しげに寝巻きを羽織って、彼の部屋を出て行った。

二

「女将。この男、少し借りるぞ」

昼過ぎ、いきなり仙之助がやってきて奈津に言った。

「新吉ですか。はい、どうぞ」

奈津も、馴染《なじ》みの仙之助の頼みだし、もともと新吉は御贔い頭の縁で雇っているのだから快く応じた。

新十郎が仙之助に連れられて七福を出るとき、厨から甲吉が嫌な目で二人を見送っていた。

「何だか、すっかり町人になってしまったようだなあ」

「いえ……。でも、働くのは何やら楽しいのです」

兄に言われ、新十郎は答えた。そして二人は水茶屋に入っていった。

すると、何とそこに結城玄庵が居て、一人で団子を食っていた。

「おお、また会ったな」

「これは、玄庵先生」

仙之助が挨拶をしたので、新十郎は驚いた。

「兄上、ご存知なのですか」

「ああ、小田浜の殿と一緒に城中へ来たこともある。お前も知り合いだったのだな」

仙之助が答え、自分たちも団子と茶を頼んだ。日頃から城中の賄い全般から毒見までしているというのに、まだ余計なものを食おうというのだから、仙之助は根っから食うことが好きなのである。

「そうか、おぬしの弟だったか。確か新十郎と言ったな。わしの息子は新三郎《しんざぶろう》というのだ」

玄庵が新十郎に話しかけてきた。

「そうですか。では上にも二人のお子が？」

「いや、二人は死んだのだ。三度目の正直で跡継ぎが出来たのさ。お前さんは十男か」

「いえ、五男ですが新十郎と」

彼は答え、他愛のない話で団子を食い、茶を飲んだ。

「ではまたな」

やがて玄庵は先に金を払って縁台を立ち、ぽんと新十郎の肩を叩いて歩き去っていった。

「良い人だぞ。小田浜藩のみならず、町医者のようなこともするし、城中にも気さくに出入りし、多くの人に慕《した》われている。私も、身体に良い食材のことなどで多くを学ばせてもらっているのだ」

仙之助は言いながら、巨体を揺すって二串めの団子を口に運んだ。

そして茶を飲み、ようやく本題に入ったようだ。

「何か、山辺のことで気づいたことはあるか」

「はい。うちの番頭の甲吉が、手文庫からくすねた金を渡しておりました。どうも、頻繁に行なっているようです」

「ふむ……、確かに山辺は金回りが良い。養子先の、家付きの嫁よりも吉原《よしわら》の女の方が良いようだ。だが番頭は何のために」

「七福の婿に入り、さらに御台所頭と縁を深めたいのでしょう。あるいは御用達《ごようたし》を狙っているのかも」

「ふん、よくあることだ。山辺も、良い金づると思っているのだろうな。役職についても一向に覚悟が決まらず、考えもなく遊び呆《ほう》ける痴《し》れ者だ」

仙之助は嘆息して言う。山辺は、御台所頭として支給される公金にすら手を付けている疑いがあるというのだ。してみると、身分は違っても山辺は実に甲吉と同じ種類の人間と言うことになる。巨悪ではないが、懐《ふところ》に抱えたものは、貧乏神を飼《か》ってしまったようなものだった。

「では、引き続き山辺を見ていてくれ」

「承知しました」

言われて新十郎が頷くと、仙之助は代金を払うついでに団子を一包み買った。

「これを、乙香に届けてくれ。今日は宿直《とのい》なので、このまま城中に戻る」

「はい。義姉《あね》上には、七福の女将とは何もないと報告してよろしいですね」

「当たり前だろう。だが疑いが晴れても、お前は私の用で今しばらく店に滞在すると言っておけ」

そう言い、仙之助は城の方へ去っていった。

新十郎も、そのまま久しぶりに番町の屋敷へと帰り、乙香に会った。

「まあ、どうしたのです」

赤ん坊の小太郎に乳を含ませていた兄嫁は、驚いて言った。

「はい。夕刻までは時間がありますので。それから、これは兄上から」

新十郎は言い、団子の包みを差し出した。彼は久々に見る、お歯黒の美しい新造の顔を見てうっとりとなった。しかも急いで胸元を整えたものの、形良く豊かな膨らみはしっかり見てしまった。

「旦那様が？」

「はい。女将とは何でもありません。兄上は部下の不正を探るため、七福に通っているのです」

新十郎が言うと、乙香は包みを受け取り、小さく頷いた。

「左様ですか……。実は、そなたが七福へ住み込むようになってから、翌日にも旦那様が戻られ、普段と全く変わりない様子でした」

「では、立ち入ったことですが情交も……」

「短い時間でしたが、ありました」

乙香が答える。だいぶ夫への疑いも晴れ、さらに今の新十郎の言葉で仙之助が潔白だという思いを強くしたようだった。

「そうですか。それは良かった。しかし私は、引き続き兄上の用で、七福にとどまりたいと思います」

「知られたのですね。店に住み込んでいることを旦那様に」

「はい……。どうにも、逃げようもなく捕まってしまいました」

「まあ、良いでしょう。では旦那様の御用を務めて下さいませ」

「承知いたしました。それより義姉上、どうか縁談の方もお忘れなく……」

頭を下げて言うと、乙香も頷いた。

「遠縁に、そなたより一つ上の十九になる娘がおります。昨日実家へ行った折、母を通じて話は通しておきましたゆえ」

「有難うございます……」

美しい娘だと良いなと思い、新十郎は期待に胸を膨らませた。

すると乙香は立ち上がって縁側の障子を閉め、床を敷き延べはじめた。小太郎は、乳を飲んですっかり満足したか、むずかることもなく眠ってしまっていた。

「さあ、いくらも居られないのでしょう」

乙香は言い、自分から帯を解きはじめた。

「よ、よろしいのですか……」

新十郎は舞い上がり、自分も手早く帯を解いて着物を脱ぎ、下帯まで取り去って先に横になった。布団には、懐かしい兄嫁の甘い匂いがたっぷりと染み込んでいた。

すぐに乙香も衣擦《きぬず》れの音をさせて着物を脱ぎ、腰巻きと足袋も脱ぎ去って、襦袢《じゅばん》姿で添い寝してきた。

「七福の女将とは、いたしましたか……」

白い顔を寄せ、兄嫁が甘い息で囁く。薄化粧と乳汁の匂いが懐かしく、彼は激しく勃起してきた。

「いいえ、仕事が忙しく、とてもそのような余裕は……」

「そうですか。ならば良かった。いま思えば、そなたを町家の飢《う》えた女将などに食べさせるのは勿体《もったい》ないです。これからも、旦那様の御用だけを務めなさい」

乙香は囁きながら上になり、熱烈に唇を重ねてきた。

柔らかく、ほんのり濡れた唇が密着し、すぐにもぬるりと舌が潜り込んできた。

熱く湿り気ある息が、刺激的に鼻腔を満たし、彼も舌をからめはじめた。

「ンン……」

乙香は鼻を鳴らして吸い付き、愛しげに彼の頬を撫で回した。

新十郎は流れ込む生温かな唾液と、滑らかな舌に酔いしれ、兄嫁の長い口吸いを受けた。

ようやく唇を離すと、乙香は伸び上がるようにして、彼の口に乳首を含ませ、豊かな膨らみを押しつけてきた。彼は心地よい窒息感と、甘ったるく濃厚な体臭の中、夢中で乳首を吸い、舌で転がした。

「アア……、もっと強く……、嚙んでも良いから……」

乙香が激しく喘ぎ、さらに膨らみを密着させてきた。

新十郎が軽く嚙みながら吸うと、また生ぬるい乳汁が滲《にじ》み、彼の舌を心地よく濡らしてきた。彼はうっすらと甘い液体を飲み、美女の汗と乳の匂いに包まれた。

彼女は乳首を交代させた。もう片方の乳首は、早くも大粒の雫《しずく》を滲ませて色づいていた。やはり一方の乳首が吸われると、もう片方も刺激を受けて分泌が促《うなが》されるのかも知れない。

やがて充分に左右とも吸わせると、乙香は満足げに胸を離した。

「あ、義姉上、お願いが……」

「なんです……」

「どうか、私の顔に跨ってくださいませ。下から陰戸を舐めたいのです……」

新十郎が言うと、乙香は驚いたように身じろいだ。

「何と言うことを……、女に跨られたいのですか……」

咎《とが》めるように言いながらも、もちろん彼女の欲望は満々で、やがて促されるままゆっくりと、仰向けの新十郎の顔に跨ってきたのだった。

三

「ああッ……、このようなこと、許されるのでしょうか……」

乙香は厠《かわや》の格好になりながら声を震わせ、とうとう新十郎の鼻先に陰戸を迫らせてきた。

彼も、初体験の時のような薄暗い中ではなく、昼の陽射しの中で見る兄嫁の股間に目を見張った。顔の真上から左右いっぱいに、むっちりと張りつめた内腿が広がり、その中心部からは悩ましい匂いを含んだ熱気と湿り気が漂っていた。

黒々とした茂みが彼の息にそよぎ、僅かに開いた陰唇の奥には、すでにぬめぬめと大量の蜜汁を宿した柔肉が息づいていた。

細かな花弁状の襞を震わせて、膣口が収縮するたびに蜜汁が滴《したた》りそうに雫を膨らませた。明るいところで見ると、蜜汁は美花のように透明ではなく、膣口周辺は精汁のように白濁したものもあった。

光沢のあるオサネは包皮を押し上げるように突き立ち、開いた陰唇は興奮に熱っぽく色づいていた。さらにしゃがみ込んでいるため、尻の谷間も僅かに開き、薄桃色をした肛門も枇杷《びわ》の先のように肉を盛り上げて艶かしい形状をしていた。

「そ、そんなに、見ないで……」

彼の熱い視線と吐息を真下から感じ、乙香が今にも座り込みそうなほど膝を震わせて言った。

新十郎は舌を伸ばし、雫を舐めながら割れ目内部に潜り込ませていった。

くちゅくちゅと膣口の細かな襞を舐め回し、淡い酸味の粘液をすすり、突き立ったオサネまで舐め上げた。

「ああッ……！」

乙香が顔をのけぞらせて喘ぎ、新たな蜜汁を滴らせてきた。

新十郎は執拗にオサネを舐め、柔らかな茂みに鼻を埋め込んで、生ぬるい体臭を嗅いだ。汗とゆばりの匂いが悩ましく入り混じり、その刺激が、鼻腔から一物にまで激しく伝わっていった。

もちろん彼は豊満な尻の真下に潜り込んで、可憐な蕾にも鼻を埋め込み、秘めやかな匂いと、顔中に密着する双丘の感触に酔いしれた。

舌先でちろちろと蕾を舐めると、細かな襞の震えと、内部の粘膜のぬめりが実に艶かしく感じられた。さらに新たに溢れた蜜汁が、彼の鼻先に滴ってねっとりと濡らしてきた。

「あうう……、そこは、駄目……」

乙香は息を詰めて言いながらも拒みはせず、潜り込んだ舌先を味わうようにきゅっきゅっと肛門で締め付けてきた。

新十郎は気が済むまで兄嫁の肛門を舐め、やがて再び蜜汁をすすりながらオサネまで舌を戻していくと、

「アアーッ……！」

乙香は喘ぎながら突っ伏し、美花がしたように彼の顔の上で手足を縮《ちぢ》めた。

新十郎は、なおも執拗にオサネに吸い付きながら、指を膣口に入れ、出し入れするように動かしたり、内部の天井をこすったりした。

「い、いけない……、漏れてしまいそう……！」

四つん這いになりながら乙香が息を詰めて言ったが、新十郎は構わずオサネや柔肉を吸い、膣内の天井を圧迫し続けた。

「アア……、駄目、出る……、ああーッ……！」

突っ伏したまま乙香がガクガクと狂おしく痙攣し、溢れる蜜汁の酸味を濃くしながら彼の指を締め付けてきた。

そしてとうとう大量の液体がほとばしり、彼の口に飛び込んできた。

ゆばりのようでもあり、淫水のようでもある。匂いは薄く、飲んでも全く抵抗のないものだった。

「ああ……」

噴出が終わると、乙香は精根尽《せいこんつ》き果てたように声を洩らし、そのままゴロリと横たわってしまった。

身を起こした新十郎は、潮を噴いた残り香を味わい、まだ肌を強ばらせて痙攣している兄嫁を見下ろした。彼女は魂が抜けたようにぐったりとなり、横向きになって両膝をきっちり閉ざしているので、もう股間を舐めることは出来なかった。

彼は足の方へ行き、足裏を舐め、指の股の匂いを嗅ぎ、爪先《つまさき》にしゃぶりついた。そ

して順々に指の間に舌を割り込ませるたび、

「う……、んん……」

乙香が小さく呻き、彼の口の中で指先を縮めた。

新十郎は両脚とも、味と匂いが消え去るまで貪り、脹《ふく》ら脛《はぎ》から太腿を舐め、うっすらと汗の味のする腰から背中まで舌を這わせた。

さらに前に回り、また濃く色づいた乳首から滲んでいる乳汁を吸い、腕を差し上げて、甘ったるい汗の匂いの籠もった腋の下にも顔を埋め、和毛に鼻をくすぐられながら舐め回した。

「アア……、新十郎どの……、駄目……」

ようやく息を吹き返した乙香が言い、彼を抱きすくめて仰向けにさせてきた。

そして今度は自分の番とばかりに上になり、彼の乳首から臍《へそ》まで舐め下り、熱い息を一物に吐きかけてきた。

新十郎も身を投げ出し、美しい兄嫁の愛撫を受け止めた。

彼女は幹に指を添え、優しく先端を舐め回し、舌先でちろちろと粘液の滲む鈴口をくすぐった。

「ああ……、気持ちいい、義姉上……」

彼は一転して甘えるように喘ぎ、腰をくねらせた。やはり兄嫁には、翻弄《ほんろう》される側に回る方がしっくりするのだろう。

乙香は長い舌で張りつめた亀頭を舐め回し、幹をたどってふぐりもしゃぶってくれた。舌で睾丸を転がし、優しく吸ってから、再び一物を舐め上げ、今度は丸く開いた口で、すっぽりと喉の奥まで呑み込んできた。

温かく濡れた口腔に根元まで入ると、先端が喉の奥に触れた。

乙香はたっぷりと唾液をまみれさせながら吸い付き、舌をからみつかせてきた。

「あ、義姉上……、どうか、入れてください……」

絶頂を迫らせて言うと、乙香もすぽんと口を離した。やはり口に出されるより、交接を望んでいたようだ。

「上から跨げと……？」

「はい。義姉上を下から見上げたいです……」

言うと、乙香も待ちきれないように、すぐ身を起こして跨ってきた。舌と指で気を遣るより、一つになる方がずっと魅力なのだろう。

幹に指を添え、先端を陰戸に押し当てながら彼女が腰を沈み込ませてきた。

たちまち屹立した肉棒は、ぬるぬるっと滑らかに柔肉の奥へと呑み込まれてゆき、ぴったりと股間同士が密着した。

肉襞の摩擦と締め付け、温もりに包まれながら新十郎は暴発を堪えた。

「アア……、なんて、いい気持ち……」

乙香も顔をのけぞらせて口走り、一物を確認するようにぐりぐりと腰を動かした。中でひくひくと幹を脈打たせると、

「ああ……、動いている……」

彼女は貫かれながら喘ぎ、やがて身を重ねてきた。

新十郎は抱き留め、兄嫁の匂いと温もり、重みを受け止めながら股間を突き上げはじめた。

さっきの潮吹きの名残に、一物はぬらぬらと滑らかに律動した。

「もっと強く、奥まで……、アア……、気持ちいい……！」

乙香も彼の耳元で熱く囁きながら腰を使い、次第に互いの動きが激しくなっていった。肌のぶつかる音がヒタヒタと響き、たちまち彼は高まった。

「い、いく……、義姉上……！」

大きな快感の渦に巻き込まれ、彼は口走りながらありったけの熱い精汁を内部に噴出させた。

「アアーッ……！」

深い部分を直撃されると、乙香も気を遣って喘ぎ、がくがくと激しい痙攣を開始した。同時に膣内を収縮させ、肉棒を奥へ奥へと引き込むように柔肉を蠢かせた。

乙香は、まだ自分の淫水にぬめっている彼の鼻や口に舌を這わせ、新十郎も甘い匂いと舌のぬめりに酔いしれた。

やがて最後の一滴まで出し切ると、彼は徐々に動きを弱め、力を抜いていった。

彼女も快感を嚙みしめながら陰戸を引き締め、すっかり満足したようにぐったりと彼に体重を預けてきた。

「ああ……、良かった、すごく……」

乙香が熱く囁き、荒い呼吸を繰り返した。新十郎も余韻を味わいながら、兄嫁の甘い息で鼻腔を満たし、うっとりと四肢を投げ出していった。

兄の妻を寝取る後ろめたさはあるが、仙之助がろくに乙香を満足させていないからいけないのだ。何でも出来る優秀な兄だが、こと情交に関しては、自分の方が上になったなと新十郎は思った。

「新十郎どの……、そなたは、恐ろしい子です……。いけないと思いつつ、私を惑わせ狂わせる……」

乙香が、とろんとした眼差しで囁き、なおも彼の口や頬に舌を這わせてきた。

その刺激に、膣内に納まっている一物が上下し、乙香も余韻を味わうようにきつく締め上げてきた。

四

「あ……、お嬢様……」

新十郎が寝ようとしていると、そこへ寝巻き姿の美花が入ってきてしまった。

彼女は、そっと口の前に指を立て、内側から襖を閉めると、素早く彼の隣に横になってきた。

「困ります。女将さんに知れたら……」

彼は言った。まあ、そう連夜奈津が来るとも思えないが、母娘《おやこ》は隣同士の部屋なのだから、美花が抜け出したことを察知するかも知れない。

「大丈夫。おっかさんは、お酒を飲んだ夜はぐっすり寝ちゃうのよ。今も、もう鼾《いびき》をかいていたから」

美花が顔を寄せ、甘酸っぱい息で囁いた。

明日は奈津が谷中《やなか》へ法要に行くので、七福は休みなのだ。住み込みの女中たちも実家へ帰り、番頭の甲吉も一日出かけるようだった。それで奈津ものんびりとし、今日は客が引けたあとに少し酒を飲んだのだろう。

「でも……」

新十郎がためらうと、美花は我儘《わがまま》そうに勘気を露わにして眉を吊り上げた。

「お前、私の言うことがきけないの？　私の初物を奪ったこと、おっかさんに言ったら追い出されるわよ」

彼女が睨《にら》み、熱い息を弾ませて言う。

情交したから従順で淑《しと》やかになるかと思ったが、全く逆だった。しかし新十郎は、変に馴《な》れ馴れしくされるよりも最初に会った頃の美花の雰囲気が好きだったので、やけに懐《なつ》かしい気がして胸が高鳴った。

やはり武家として、町家の娘に虐《しいた》げられるのは今しか味わえない快感なのである。

もちろん追い出されても平気だが、今は悶着《もんちゃく》を起こすのはまずい。それに美花も本気で奈津に言いつけることはしないだろうと思ったが、万一ということもあり、自分のことで母娘が傷つくのは避けたかった。

だから彼は、密かな興奮を得ながら下手に出た。

「済みません。分かりました。何でも言うことをききますので……」

「そう、それでいいのよ」

美花はすぐに機嫌を直し、帯を解いて寝巻きを脱ぎ去ってしまった。そして彼にも脱ぐように言い、新十郎も全裸になった。

互いに一糸まとわぬ姿になると、再び美花は添い寝して肌を密着させてきた。

「ね、他に何かされた？　お旗本のお嬢様に」

美花が、果実臭の息を弾ませて囁いた。

新十郎は素早く頭を巡らせ、昼間の兄嫁の潮吹きを思い出した。

「その、私の顔に跨って、ゆばりが飲めるかどうかと言われました」

「まあ……、そんなことを……？　なぜ」

美花は疑いもせず、目を丸くして聞き返してきた。

「忠誠の証しを見せろと言うことで……、でも、結局出ませんでした……」

「そう……、そうよね。男の顔に跨って、ゆばりなんか出せるはずないわ。でもお前は、もし出されたら飲んでいた？」

「ええ……、逆らえないですからね……」

新十郎が言うと、美花は相当に興奮が高まってきたようだ。情交への欲求以上に、そうした行為に激しい好奇心を持ったのだろう。人を従えるのが好きで、しかも旗本の娘への妙な対抗心も湧いたに違いなかった。

「私が出してみても、飲めるかしら……？」

言いながらも、美花は少し気弱な部分も見せ、彼の反応を恐れるようだった。

「美しい美花お嬢様の出したものなら、たぶん平気だと思います。うんと沢山でなければ……」

「本当……？　そう、そのお嬢様は、そんなに綺麗な女じゃなかったのね」

言うと、美花は目をきらきらさせ、納得したように答えた。そして緊張に頰を強ばらせ、身を起こしてきた。どうやら試す気になったらしい。

「どうせ沢山は溜まっていないわ……」

美花は言いながらためらいなく彼の顔に跨り、しゃがみ込んできた。

新十郎は下から鼻と口を割れ目に押し当て、若草に籠もった体臭を胸いっぱいに嗅いだ。

舌を這わせると、早くも柔肉はぬらぬらと潤い、淡い酸味を伝えてきた。

「あん……、まだ舐めないで……、気が散るから……」

美花が言い、新十郎は舌を引っ込め、匂いを嗅いで口を当てるだけにした。

彼女は、旗本の我儘娘でさえ出来なかったことに燃え、懸命に息を詰めて下腹に力を入れていた。

新十郎も、思わぬ展開に胸を高鳴らせ、激しい興奮に勃起していた。

美花は何度も息を吸い込んで止めては空しく吐き出し、それを繰り返した。ゆばりではなく、ねっとりとした蜜汁が糸を引いて彼の口に滴り、何度も柔肉が迫《せ》り出すように蠢いた。

しかし、どうやらその時がきたようだった。

「あうう……、出る……、本当にいいのね。知らないわよ……」

美花が息を詰めて囁くと、間もなく迫り出した柔肉から生温かな液体がチョロチョロとほとばしってきた。

新十郎は夢中で口に受け止め、美少女の出したぬるま湯を喉に流し込んだ。

味と匂いは淡いが、兄嫁が出したのはこれではなく、やはり淫水だったのだと分かった。もちろんゆばりでも構わず、飲むことにためらいはなかった。

「アア……、本当に飲んでいるのね……。何だか、すごく気持ちいい……」

美花は、放尿の快感と自尊心を満たしながら、ゆるゆると出し続けた。

しかし、言ったとおり実際あまり溜まっていなかったのだろう。新十郎が噎《む》せて口から溢れさせる前に流れは弱まり、やがて止まった。

懸命に続けていた嚥下《えんか》をしなくなると、あらためて残り香と味がはっきりと伝わってきた。もちろん不快ではなく、良いものを食べている良家のお嬢様というのは出すものも綺麗なのだと思った。

なおも腰を抱き寄せ、びしょびしょに濡れている割れ目の周りと内部に舌を這わせると、たちまちゆばりの味と舌触りは消え去り、新たに溢れた大量の蜜汁で舌がヌルヌルと滑らかに動いた。

「ああん……、もっと……」

美花は甘い声を洩らし、とうとうしゃがみ込んでいられずに両膝を突き、自ら割れ目をぐいぐいと彼の鼻と口にこすりつけてきた。男の口にゆばりを放ったという衝撃の行為に、今までで最も我を忘れて興奮しているようだった。

新十郎は余りの雫《しずく》をすすり、溢れる蜜汁を舐め取りながらオサネを吸い、さらに尻の谷間にも舌を這わせて蕾の内部も念入りに味わった。もちろん湯上がりなので、さして味も匂いもなく残念だった。

「も、もういいわ……、少し休ませて……」

前も後ろも充分に舐められ、気を遣りそうになった美花はびくりと股間を引っ込めて言った。

添い寝すると、美花は甘酸っぱい息をハアハア弾ませて彼に顔を迫らせた。

「莫迦《ばか》ね、あんなものを飲むなんて……、病気になるわ……」

彼女は囁きながら、彼の口や鼻の穴を舐めてくれた。

「不味くなかった？　気持ち悪くない？」

「ええ……、お嬢様の出したものだから、美味《おい》しかったです……」

「そう、他に何が欲しいの……」

「唾《つば》を……」

言われて、新十郎はここへ来た最初の時に、美花の嚙《か》み砕いた最中をもらったことを思い出した。あの出来事は、今後一生、最中を食うごとに思い出すだろう。もちろん今は最中などどうでも良く、純粋に美少女の唾液が飲みたかった。

「こう……」

美花は言うと、すぐにも唇を重ねてきて、くちゅっと唾液の固まりを口移しに注いでくれた。ゆばりを出すより、よほど抵抗はないのだろう。

生温かく、小泡の多い粘液を舌に受け、新十郎はうっとりと酔いしれながら味わって飲み込んだ。

「もっと?」

「ええ、どうか、沢山……。顔中にも……」

新十郎が激しく興奮しながらせがむと、美花はもう一度彼の口に唾液を吐き出し、鼻や額にも垂らしてくれた。果ては勢いをつけ、ペッと吐きかけてきた。甘酸っぱい一陣の風とともに、生温かな粘液が顔を濡らし、頬の丸みを伝うのは何とも言えない快感だった。

「嬉しいの? おかしな男ね……」

美花は言いながらも目をきらきらさせ、彼の顔中を彩る小泡混じりの粘液に舌を這わせ、舐め取ると言うより顔中に舌で塗りつけるように動かしてきた。

「ああ……」

息の芳香と舌のぬめりに包まれ、彼は顔中を濡らされて喘いだ。

「他には、お嬢様はどんなことを……?」

「私の精汁を、飲んでくださいました……」

「そう、私は嫌よ。飲むだなんて……。おしゃぶりだけなら良いけれど……」

美花は、屹立した一物に視線を這わせながら答えた。

「では、どうか、ここを嚙んでください……」

新十郎は、自分の胸を指して言った。

「ここを嚙むの？」

美花は興味を持ったように応じ、彼の乳首をそっと嚙んでくれた。熱い息が肌をくすぐり、白く綺麗な歯が乳首を刺激した。

「アア……」

新十郎は甘美な痛みに身悶え、美少女に食べられているような快感の中で激しく高まっていった。

五

「ここもいい？　痛くない？　痕《あと》になっても構わないわよね？」

美花は言いながら、彼の脇腹や内腿に可憐《かれん》な歯並びを食い込ませてきた。案外、嚙むことが気に入ったようだ。しかも前歯で嚙むと痛いが、口いっぱいに肉を頰張るので実に心地よかった。

熱い息のくすぐったさと、鋭利な歯の刺激、そしてたまに舌が肌を舐め、様々な快感が新十郎を包み込んだ。

そしていよいよ、美花の口が一物に迫った。

「ここは嚙まないから安心して。でも、お口に出したりしたら嚙むわよ」

彼女は言い、そっと幹に指を添えて先端に舌を這わせはじめた。

「ああ……、お嬢様……」

新十郎は、町人の使用人の演技というより、本気で美花を崇《あが》めるように口走った。

美花も気を良くし、精汁を飲むのは嫌と言いながら、滲む粘液は丁寧に舐め取ってくれた。

そして熱い息で恥毛をくすぐりながら喉の奥まで吞み込み、笑窪の浮かぶ頰をすぼめて強く吸いながら、すぽんと引き抜いては繰り返した。その合間にふぐりをしゃぶり、睾丸を舐め回して吸い、何度も一物を含んでくれた。

たちまち肉棒全体は、美少女の温かく清らかな唾液にまみれて高まった。

「い、いきそう……。お嬢様、入れたい……」

新十郎は口走った。飲んでくれないのなら、一つになりたかった。

すると美花も口を離し、身を起こしてきた。

「跨《また》ぐわ……」

短く言い、彼の股間に跨った。初回は痛かったものの、やはり彼女も一つになりたいようだ。すればするほど良くなってくるというので、少しでも早く快感を味わいたいのだろう。

下から一物を構えると、美花も陰戸を押し当て、息を詰めて位置を定めながら、ゆっくりと腰を沈み込ませてきた。張りつめた亀頭が、ぬるりと潜り込むと、

「あうう……」

美花が目を閉じ、あとは自分の重みで自ら深々と貫《つらぬ》かれていった。

新十郎も、滑らかなぬめりと柔襞の摩擦、きつい締め付けと燃えるような温もりに包まれ、暴発を堪えて奥歯を嚙みしめた。まだ二度目の美花にとっては、長く保たせず、すぐ終わった方が良いのだろうが、やはり心情的には少しでも長く味わいたかったのだ。

完全に座り込むと、美花は一本の杭に支えられたように、顔をのけぞらせたまま硬直した。そして新十郎が狭い柔肉の中で、ひくひくと幹を動かすと、美花も動き、上体を倒して重なってきた。

「痛いですか……？」

「ううん、大丈夫よ。最初の時ほど痛くない……」

訊くと、美花は彼の耳元で小さく答えた。

それでも、まだ快感には程遠いだろう。あとは、男と一つになった充足感だけのようだ。

下から抱きすくめ、新十郎は潜り込むように美少女の膨らみに顔を埋めて乳首を吸った。しかし美花の全神経は股間に集中しているようで、僅かにピクリと肌を震わせて反応しただけだった。

彼は舌で乳首を転がし、左右とも交互に愛撫した。そして腋にも顔を埋め、和毛に鼻をくすぐられながら甘ったるい汗の匂いで胸を満たした。

徐々に股間を突き動かしはじめると、何しろ親譲りに蜜汁の量が多いから、たちまち律動はぬらぬらと滑らかになって互いの股間をびしょびしょに濡らした。

「アア……、何だか、変な気持ち……」

美花が声を震わせて言い、次第に自分も下からの動きに合わせて腰を使いはじめてきた。

いつしか二人は股間をぶつけるように動きはじめ、ひたひたと肌のぶつかる音と、くちゅくちゅという卑猥に湿った音が交錯した。

新十郎は激しく高まり、まるで身体中が熱く濡れた柔肉に吸い込まれていくような快感に包まれた。そして鼻先で喘ぐ甘酸《あまず》っぱい果実臭の息を嗅いでいると、この可憐なロの中にも身体ごと入ってゆきたい気持ちになった。

「ああ……、いく……！」

たちまち新十郎は大きな絶頂の快感に全身を貫かれ、口走りながら激しく股間を突き上げてしまった。同時に熱い大量の精汁を、どくどくと勢いよく柔肉の奥に向けてほとばしらせた。

「あうう……、新吉……、奥が、熱いわ……、アア……！」

美花も、内部に噴出を感じ取ったように喘ぎ、きゅっきゅっと精汁を飲み込むように膣内の収縮を最高潮にさせた。

さすがに奈津の娘だけあり、まだ気を遣るまでにはゆかないが、それなりの高まりと快感らしきものを得ているのかも知れない。

やがて彼は最後の一滴まで心おきなく出し尽くし、徐々に動きを弱めていった。

美花は力尽きたようにぐったりとなり、彼に体重を預けながら肌を震わせていた。

新十郎は完全に律動を止め、美少女の温もりとかぐわしい吐息に包まれながら、うっとりと快感の余韻に浸り込んだ。

「何だか、だんだん良くなってくるのが分かるみたいだわ……」

美花が、彼の頬に口を押し当てながら囁いた。

「もうですか？　まだ二度目なのに」

「だって、最初の時とは全然違うもの……」

美花は答えながら、きゅっと一物を締め付けてきた。

そしてようやく股間を引き離し、彼の横に添い寝した。入れ代わりに新十郎が起き上がり、懐紙で手早く一物を拭ってから、美花の陰戸を拭いてやった。

もう出血はなく、はみ出した花弁も興奮の名残に色づいていた。

「いいから、一緒に寝て……」

美花が言い、彼の手を引っ張って横たえた。

「明日、新吉はどうするの？」

「はあ、お店がお休みなので、あちこちぶらつきます。お屋敷の方も気になるので、少しご機嫌伺いに参りますので」

「そう。私は法要なんか退屈だから、具合が悪いと言って家で寝ていようかしら。ねえ、そうしたらお前とずっと一緒にいられるわ」

美花が囁く。新十郎も、それは魅力と思うが、奈津に知られやしないかと、それだけが気がかりだった。

そして美花と身体をくっつけて、可憐な匂いを嗅いでいるうち、また一物がむくむくと回復してきてしまった。

肉棒が肌に触れると、美花も気づいたか、やんわりと握ってきた。

「また、したいの……？」

「ええ、そんなに動かしたら、また……」

新十郎は、にぎにぎと愛撫されつつ完全に勃起しながら答えた。

「でも、私はもう充分よ」

美花は言い、それでも身を起こし、そっと先端を舐めてくれた。精汁の匂いやぬめりも残っているだろうに、丁寧に鈴口を舐め、亀頭を吸いはじめた。

快感の中心に熱い息と唾液を感じながら、いつしか彼は後戻りできないほど高まってきてしまった。

「ね、飲んでもらうと嬉しいの……？」

「ええ、とても……」

「そう、いいわ。私のお口に出しても……」

美花は股間から囁き、本格的に濃厚なおしゃぶりを開始してくれた。

「ああ……、お嬢様……」

新十郎は快感に喘ぎ、美少女の口の中で温かな唾液にまみれながら絶頂を迫らせていった。

美花も、最初は飲むのは嫌だと言っていたくせに、まだ興奮冷めやらぬ様子で離れがたく、受け入れるつもりになったのだろう。

彼女は喉の奥まで呑み込み、笑窪の浮かぶ頰をすぼめて強く吸い、内部では激しく舌をからみつけてくれた。そして彼が下から股間を突き上げるものだから、それに合わせて顔全体を上下させ、すぽすぽと濡れた口で強烈な摩擦運動を開始してくれたのである。

その刺激に、たちまち新十郎は二度目の絶頂を迎えてしまった。

「い、いく……、アアッ……！」

彼は突き上がる快感に喘ぎながら、ありったけの熱い精汁を勢いよく噴出させ、美少女の喉の奥を直撃した。

「ク……、ンン……」

美花は口の中に出されながら小さく呻き、それでも口を離さず吸い続けてくれた。

吸引されると、汚している感じよりも、吸い出される感じで彼は身悶えた。そして最後まで心おきなく出し切って力を抜くと、彼女は亀頭を含んだまま、口に溜まった精汁を喉に流し込んだ。

ごくりと喉が鳴るたび、口の中が締まって駄目押しの快感が得られた。

ようやく飲み干すと、美花は口を離し、まだ濡れている鈴口を舐め回してくれた。

「ああ……」

その刺激に彼は喘ぎ、ひくひくと過敏に亀頭を反応させた。

「美味しくないわ。やっぱり……」

美花は言い、ちろりと唇を舐めると、そのまま寝巻きを着はじめた。

第四章　二人がかりで弄《もてあそ》ばれて

一

「では、お気をつけて行ってらっしゃいませ」

「ああ、実家で夕餉を終えたら帰ってくるからね、あとを頼むよ」

朝餉を済ませ、片付けを終えた新十郎が言うと、奈津は答え、七福を出て行った。

彼女の実家は根津《ねづ》にあるのだ。

他の女中や甲吉も、それぞれ家に帰ったり好き勝手に外出をしていた。しかし美花は、急に月の障《さわ》りが来たと仮病を使って部屋で寝ていた。

奈津は疑う様子もなく、美花と新十郎に留守を預けた。新十郎も、少し屋敷に戻るし、四六時中美花と二人きりでいるわけではないと思ったのだろう。

やがて人が出払うと、寝ているふりをしていた美花が起き出してきた。

「ねえ、来て。私の部屋に」

「まだ早いです。昼まで、外へ出たいのですが」

「お屋敷へ帰るの？」

美花は残念そうに言った。昨夜したばかりなのだが、だからこそ芽生えかけた快楽を少しでも多く得たいのだろう。

一人残らず家を空けるわけにいかないので、美花は仕方なく残り、新十郎は、なるべく早く戻るからと言って出ていった。

実は、彼には少々思惑があった。

奈津が居らず、店が休みになるということは、甲吉が何か動きを見せるのではないかと思ったのである。

今日、甲吉はどこへゆくとも言わず、奈津より先に外出していた。

また店の金をくすね、山辺の屋敷でも訪ねるのではないだろうかと思い、その屋敷近辺でも探ろうかと思っていたのだった。

しかし少し歩き、新十郎は巾着を忘れたことに気づいて引き返した。武士の姿の時は気にもならなかったが、やはり懐に何もないというのは寂《さび》しいものだ。

（うん？　甲吉……？）

と、新十郎は甲吉が身を屈《かが》めて素早く七福に入ってゆくのを見かけた。

どうにも番頭らしからぬ、盗人のように不審な素振りである。

（もしかしたら……）

新十郎は思った。甲吉はここらに潜み、新十郎が出てゆくのを待っていたのかも知れない。それが偶然にも忘れ物で引き返し、図らずも逆に新十郎が甲吉をつける形になってしまったのだ。

彼は少し間を置いて、玄関ではなく脇の木戸から庭へと入っていった。

縁側から中の様子を窺《うかが》ったが、甲吉が、店の方にいるのか母屋か分からない。

すると間もなく、美花の声が聞こえてきた。

「甲吉！　どういうことなの、やめて……！」

その切羽詰まった声音に、新十郎は急いで縁側から上がり込み、声のした彼女の部屋の方へと進んでいった。

襖が開け放たれ、中を窺うと甲吉が美花を押し倒し、荒々しく寝巻きの帯を解いていた。美花は仮病を使って寝巻きのままだったから、非常に脱がせやすい格好なのである。

「お嬢さん！　私のものになってくれ。そうすりゃ何もかもうまくいくんだ」

「い、いやッ……！　お前なんか嫌いよ！　私には……」

「おっと、あの新吉ってのは惚れても無駄だ。あいつはな」

甲吉が美花を組み敷いて、言おうとした瞬間に新十郎は中へ飛び込んでいた。

「やめるんだ！」

言いながら甲吉の襟首を掴み、美花から引き離した。

「うわ！　て、てめえ！　なぜここに……」

「新吉！　助けて！」

二人の声が交錯し、とにかく新十郎は組み付いたまま甲吉を部屋から引きずり出した。甲吉も必死に抵抗をし、やがて二人はもつれ合ったまま縁側から転げ落ちてしまった。

美花も驚いて部屋から飛び出し、縁側から二人の様子を見た。

強かに腰を打ったが、何とか懸命に立ち上がり、新十郎は甲吉を取り押さえようとした。しかし彼は、左の太腿に鋭い痛みを覚えて蹲《うずくま》った。

「てめえ、殺してやるぜ！」

屈み込んでいた甲吉が身を起こして怒鳴り、その手には匕首《あいくち》が握られていた。

どうやら新十郎は太腿を切られたようだった。こちらには得物がなく、初めて新十郎は激しい恐怖を覚え、座り込んだまま後退した。

「新吉！　大丈夫……？」

美花が叫んだが、縁側から下りてくる勇気はないようだ。新十郎も、抜き身の匕首を握っている甲吉を前に、傷の様子を見るわけにもいかず、ただ腰を浮かせて身構えるばかりだった。

甲吉は、快楽を中断させられた激しい怒りに後先のことも忘れ、顔を真っ赤にして迫ってきた。

まして、前から新十郎のことは気に入らず、それに今日は、力ずくで美花を自分のものにすれば、あとはどうにでもなると思っていたところ、未遂に終わって罪だけが残ったのだから、相当に興奮して破れかぶれになっていた。

しかし、その時である。

「どうした。美花！」

声がかかり、庭に飛び込んできた若侍がいた。いや、女だ。

「香穂《かほ》様！」

美花が言うと、甲吉も香穂と呼ばれた女に向き直った。

すると香穂は抜き打ちに大刀を閃《ひらめ》かせ、甲吉の匕首を叩き落とした。さらに返す刀で腹に斬り込んでから素早く刀身を回転させ、逆手でパチーンと鍔《つば》鳴りをさせて鞘《さや》に納めた。

「うわ……」

甲吉が立ちすくんで呻《うめ》くと、裂かれた着物の間から小判がザラザラとこぼれ落ちてきた。

「甲吉、その金は一体……！」

縁側から美花が言うと、甲吉はそのまま裏木戸から駆け出していってしまった。

素性が知れているなら追うこともなかろうと、香穂がまず新十郎に近づき、ようやく美花も縁側から下りて駆け寄ってきた。

香穂は彼の裾をまくり上げ、左太腿の傷を見た。初めて新十郎も見たが、血が足首にまで伝っているので、また力が脱けてしまった。

「ああ、大事ない。深手ではないようだ。とにかく部屋へ。美花、盥《たらい》に水と焼酎、それに手拭いと晒《さら》しだ」

「あい、ただいま……」

美花は素直に頷いて再び母屋へ引っ込み、新十郎は香穂に支えられて、やっとの思いで立ち上がった。

「忝《かたじけ》ない……」

「え？　町人ではないのか……」

香穂が不思議そうに言い、近々と彼の横顔を見た。美花に似た、甘酸っぱい息の匂いが頰を撫で、新十郎は胸を高鳴らせた。

香穂は、まだ二十歳《はたち》前だろう。髪を束《たば》ねて長く垂《た》らした男装に、裁着袴《たつつけばかま》に大小。剣の腕ばかりでなく、仕草が何もかも颯爽《さつそう》としている。

「あ、つい……。美花さんには、どうか内密に……。私は、ここでは新吉です」

「左様か。分かった。私は竜崎《りゆうざき》香穂」

多くを訊かずに頷き、彼女は肩を貸しながら縁側から母屋に入り、すぐに美花も出てきて部屋に案内した。彼が住む三畳の女中部屋ではなく、客間に手早く床を敷き延べてしまった。

新十郎は寝かされ、香穂は彼の下帯まで丸見えになるほど裾を開いてめくった。そして水で傷口を洗って新しい手拭いで拭き、焼酎を含んで吹きかけた。

少し沁《し》みたが、声を洩らすほどではない。もう血は止まっていた。揉み合っているときに甲吉が夢中で斬りつけただけで、二寸（六センチ）ほどの傷は浅いようだった。刺されたのでなくて幸いだった。

香穂は手際よく傷口に布を当て、晒しで巻いていった。

美花もそれを手伝ったが、寝巻き姿のままということに気づき、急いで自分の部屋へ着替えに戻っていった。

「あの男、番頭か」

「そうです。店の金を年中ちょろまかしては旗本に貢《みつ》いでおります」

言ったものの、新十郎だけでなく香穂の家も旗本のようだった。

「そうそう」

言われて思い出したか、香穂は立ち上がり、再び縁側から庭へ下り、甲吉が散らばした小判を集めて戻ってきた。

そこへ着替えを終え、振袖姿の美花が入ってきたので、香穂は金を返した。

「久しぶりに立ち寄ったが、休みだから帰ろうと思ったのだ。すると庭で物音がしたので夢中で入ってきた」

「はい、助かりました。有難うございます。本当にお久しぶり……」

美花は、甲吉に犯されかかった恐怖や、新十郎が斬られた衝撃など忘れたように、嬉しげに香穂を見て答えた。

香穂は十九で、美花が通っていた手習いの娘だった。腰物方の母娘で、手習いの内職をしていたのだ。香穂も手習いを手伝っていたようだが、ほとんどは剣術道場に通ってばかりのお転婆《てんば》で、美花はたいそう懐いていたらしい。会うのは一年ぶりぐらいのようだ。

「香穂様は、まだ道場の方へ?」

「ああ、とても所帯を持つ気にはなれず、気ままに暴れている方が楽だ」

美花に言われ、香穂は男言葉で爽《さわ》やかに答えた。

二

「まだ動かぬ方が良いだろう」

新十郎が起き上がろうとすると、香穂が言い、美花も甲斐甲斐しく彼を寝かせて押さえつけた。

「いや、厠へ……」

新十郎は、尿意を覚えて言った。

「ならば、その盥で良かろう。支えて厠まで連れて行くのは難儀だ」

香穂は事も無げに言い、すぐにも立って彼の背後に回ると、まるで打ち合わせたかのように美花が盥を持って中の水を縁側から捨てて戻った。

背後の香穂は彼の腰を浮かせるように抱え、裾をめくった。

「美花、下帯を」

「あい、すぐに」

言われた美花は彼の股間に盥を置き、下帯を解き放ってしまった。

「裾が邪魔だな。どちらにしろ寝巻きに着替えさせよう」

香穂は言って彼の帯を解くと着物を脱がせ、たちまち全裸にしてしまった。

「さあ、早く……」

背後から促され、とにかく早く済ませなければ、勃起してますます出なくなってしまうと思った新十郎は、何とか懸命に息を詰めて尿意を高めた。

若い娘たち二人に見られながらも、ようやくチョロチョロと出すことができ、美花がこぼれないよう盥の位置を調整した。

そしてようやく出し終えると、美花が懐紙で先端を拭ってくれ、盥を持って裏の井戸へ洗いに行った。

しかし用を足すのを待ったように、一物は激しく鎌首をもたげ、雄々しく屹立してしまったのだ。何しろ後ろから香穂が抱えてくれているから、背中には彼女の胸の膨らみが密着し、肩越しには甘酸っぱい吐息が鼻腔をくすぐってくる。それに剣術の稽古を終えたばかりらしく、甘ったるい汗の匂いも漂ってきていた。

「なぜ、このように……」

香穂が、不思議そうに肩越しに言い、気を取り直したように全裸の彼を再び仰向けに横たえた。十九でも、剣術一筋の彼女は無垢なのだろう。

そこへ、美花が戻ってきた。

「まあ、怪我《けが》をしているくせに、こんなになってる。新吉、お前、香穂様が好きなの……？」

美花は、咎《とが》めるように言って彼を睨んだ。

「美花、なぜこのようになるのか分かるのか」

「ええ、淫気を催すと、陰戸に差し入れられるように硬くなるのです」

「淫気？　私にか？」

今度は香穂が、咎めるように彼を見下ろしてきた。

「い、いや、美しい二人に裸を見られれば、誰でも男なら勃《た》ってしまうのです……」

新十郎が弁明すると、美花が助け船を出してくれた。

「そうね、少しのことでも大きくなってしまうって言うわ。それに、一度大きくなってしまうと、精汁を出さなければ、元には戻らないのね」

「美花は、なぜ知っている。もう陰戸に入れたことが……？」

「い、いえ、ご用聞きの小僧さんが忘れていった春本に書かれていたのです」

美花が言うと、香穂は疑いもせず頷いた。

「左様か。では、精汁を出さねば、強ばったままで辛《つら》いのだな。どのようにすれば出るのか。自分でするのは傷に障《さわ》ろう」

香穂が言う。純粋に心配してくれている反面、もちろん初めてのことで好奇心も旺盛なのだろう。

いじれば出るのだが、美花は簡単に終えない方法を説明した。

「それは、夫婦が情交するように、口吸いから初めて、充分に気を高めてあげないと出ないんじゃないでしょうか」

どうやら美花は、新十郎への独占欲より、大好きな香穂とともに三人で戯れたいのかもしれない。店が休みで、他に誰もいない日などというのは滅多にないのだ。それに久しぶりに会った香穂に、すでに自分は男を知っているという優越感もあるようだった。

「口吸い……？　そのようなこと、会ったばかりの男に……」

「ええ、お嫌なら構いません。でも私は、どのようなものか試してみたいです。親の決めた婿を取って、その時が初めてというのは、もし嫌だったら大変ですので、稽古のつもりで」

美花はなかなか巧《うま》く言い、仰向けの新十郎の右側から添い寝してきた。そして顔を寄せ、そっと唇を重ねてきた。

それを、左側に座っている香穂が、目を丸くして見ていた。

美花は、最初から強烈にせず、軽く触れ合わせてかぐわしい息を弾ませた。もう甲吉のことなど忘れ去り、本来するはずだった彼と、しかも香穂もいるので実に楽しげだった。

軽く舌を舐め合っただけで、美花は顔を上げた。

「どのような心地か……」

「とても気持ち良いものです。特に舌をからめると……」

「舌を？　汚くないのか……」

「ええ、ちっとも嫌じゃありませんでした。でも、もし恐ろしければ香穂様はしなくてもよろしいかと」

「お、恐ろしいなど、これしきのことを……」

美花は、最年少のくせに、巧みに年上の香穂を操り、淫らな世界へ引き込むことに長《た》けているようだった。すぐにも負けん気の強い香穂は美花の思う壺《つぼ》に反応し、競《きそ》うように屈《かが》み込んできたのだ。

新十郎は、心の準備をする暇《ひま》もなく、出会ったばかりの香穂の顔を見上げた。決心したとなるとためらいなく、香穂は唇を触れ合わせてきた。柔らかな感触が伝わり、美花に似た甘酸っぱい果実臭の息が鼻腔を刺激した。

さらに触れ合ったまま口が開かれ、ちろりと舌が伸びてきたので、新十郎も触れ合わせた。

「ク……！」

香穂が驚いたように熱い息を弾ませて呻《うめ》き、それでもかえって強く口を押しつけてきた。何度かちろちろと動かして舐め合うと、生温かくトロリとした唾液のぬめりが感じられた。

やがて顔を上げると、香穂の頬はすっかり上気し、心なしか呼吸も熱く弾みはじめていた。

「ね、では今度はご一緒に……」

美花が言って再び屈み込むと、香穂もフラフラと言いなりになって従った。

新十郎の顔の左右から、それぞれの美少女が同時に唇を押しつけてきた。右側からは十七の町娘、左側からは十九の女武芸者だ。

彼は二人の唇の感触を、半分ずつ受け止め、混じり合ったかぐわしい息でうっとりと鼻腔を満たした。

先に美花が、少し遅れて香穂が舌を差し入れてきた。女同士で舌が触れても、興奮している二人は気にならないようだ。新十郎も舌をからめ、それぞれの滑らかな感触と、生温かな唾液を堪能した。

三人が鼻先を突き合わせているため、狭い空間には美少女たちの熱い息が甘酸っぱく籠もり、顔中が湿り気を帯びるようだった。同じ果実臭でも微妙に違い、美花は可憐な青い果実、香穂はやや熟れかけの風情だった。

「唾を……」

口を触れ合わせたまま囁くと、すぐにも美花がトロリと注いでくれ、戸惑いながら香穂も倣《なら》い、少しだけ垂らしてきた。

新十郎は二人の混じり合った粘液を味わい、喉を潤した。

ようやく二人は口を離し、今度は美花が彼の乳首に吸い付いてきた。

「ね、香穂様も……」

言うと、彼女ももう片方に唇を当てた。

左右の乳首を同時に舐められ、息に肌をくすぐられながら彼は身悶えた。美花が軽く噛み、さらに香穂にも同じようにさせた。

「ああ……、気持ちいい……」

新十郎が喘ぐと、二人はさらに肌を舐め下り、とうとう一物に熱い息を吐きかけてきた。

「そろそろ出そうです。いじるより、吸い出した方が良いと思います」

「口でか……。それにしても、おかしな形……」

「はい。精汁は男の命の根源ですから、飲めば力が湧くと思います」

「なに、力が……」

さらに強くなりたいと思っているらしい香穂は、美花の巧みな誘導に引かれたようだ。そして美花とともに、恐る恐る指を這わせてきた。

「これが陰戸に入るのか。このように大きなものが……」

「はい。入ります。最初は少し痛くても、次第に良くなるそうです。これがふぐり、中に二つの玉が」

美花に説明され、香穂はふぐりにも手のひらを這わせた。

「なるほど、これが急所の金的か。確かに二つの玉が」

香穂が言うと、美花は屈み込んで袋に舌を這わせた。すると香穂も同じようにし、睾丸を一つずつ舌で転がした。

「アア……！」

混じり合った熱い息が股間に籠もり、新十郎は何とも妖しい快感に喘いだ。

やがて二人は充分に袋全体を唾液にぬめらせてから、同時に幹を舐め上げ、張りつめた亀頭にも舌を這わせてきた。まるで一本の竹輪を二人で争って食べているようだった。

そして交互に鈴口から滲む粘液を舐め、亀頭をしゃぶりはじめた。もう香穂も抵抗なく、すっかりこの淫らな状況に浸り込んでいるようだった。

美花が喉の奥まで呑み込み、吸いながらスポンと口を離すと、香穂も同じようにした。口腔の温もりも感触も微妙に違い、それがやけに興奮した。

「い、いく……！」

あっという間に限界が来て、二人に同時に亀頭を舐められながら絶頂に達してしまった。

「香穂様、くわえて……」

言われ、彼女が亀頭を含んだ。すると熱い大量の精汁が勢いよくほとばしり、女武芸者の喉の奥を直撃した。

「ウ……、ンン……！」

香穂は僅かに眉をひそめて呻き、それでも喉に流し込んでくれた。

新十郎は吸われながら快感に身悶え、たちまち最後まで出し切ってしまった。すると香穂が口を離し、すかさず美花がしゃぶりつき、指と口でしごくようにしながら、余りの雫をすすってくれた。

「アア……、も、もう、ご勘弁を……」

新十郎は過敏に反応しながら口走り、腰をよじって降参した。

三

「不味くはないが、生臭い……」

香穂が、残り香に顔をしかめながら言った。しかし、それほど嫌ではなかったようで、香穂も切れ長の眼差しを好奇心に光らせて息を弾ませていた。

「ねえ、香穂様。今度は、私たちが舐めてもらいましょう」

美花も、笑窪の浮かぶ頬を紅潮させて言った。

「舐めさせるとは、どこを……」

「新吉は、きっとどこでも舐めてくれます。足の裏でもお尻の穴でも。ね、新吉」

「はい……」

美花の言葉に答えながら、新十郎は萎《な》える暇もなく、新たな期待に股間を熱くしはじめてしまった。

美花は足袋を脱いで立ち上がり、新吉の顔に足裏を載せた。

彼も、美花と出会った最初の頃を思い出し、急激に回復しながら舌を這わせ、指の股の匂いを味わった。

「あ……！　そのような、犬のような真似をさせて……」

香穂は咎めるように言った。何しろ、新十郎が武士であることを知っているのだ。

しかし、それ以上に好きな部分を舐めさせるということに興味を持ったようだ。

美花は足を交代させ、さらには裾をからげて跨ぎ、彼の顔に厠のようにしゃがみ込んでいった。

新十郎は、美少女の新鮮な体臭を感じ、汗とゆばりの匂いに酔いしれながら割れ目内部に舌を這わせた。

「ああン……、いい気持ち……」

「そ、そんな、陰戸を舐めさせるなど……」

「だって、私たちも一物を舐めてあげたのですから、おあいこです」

香穂の言葉に美花は答え、新十郎も充分にオサネを舐め、溢れる蜜汁をすすってやった。

「ああ……、ここもよ……」

美花は腰をくねらせて喘ぎ、さらに股間を前進させて、白く丸い尻の谷間で彼の鼻と口を塞《ふさ》いできた。

新十郎は秘めやかな匂いを嗅ぎながら蕾に舌を這わせ、内部にも潜り込ませて粘膜まで味わった。そんな様子を、香穂が息を呑んで見守っていた。

やがて気が済んだように、美花が股間を引き離してきた。さすがに香穂がいるから気を遣るには到らず、前と後ろを舐めさせる手本を示しただけのようだった。

「さあ、今度は香穂様の番……」

美花が息を弾ませ、場所を譲って言った。

香穂も、足袋を脱いで恐る恐る立ち上がった。それを、美花が手を握って支えてやった。

「稽古をしたあと、まだ水も浴びずに来てしまったのに……」

香穂は言ったが、もう後戻りする気もないようで、片方の足を浮かせてそっと彼の顔に載せてきた。

新十郎は、美花より大きな足裏に興奮し、少し汚れた踵や土踏まずに舌を這わせはじめた。指の股も汗と脂にじっとりと湿り、今まで味わった女たちの中では最も匂いが濃く、その刺激が彼を酔わせた。

嗅ぎながら指の股に舌を潜り込ませると、

「アアッ……！」

香穂が声を上げ、がくがくと脚を震わせた。さすがに生まれて初めての体験というのは衝撃が大きいようで、舐めている方も心地よかった。まして香穂は武家として厳しく育ち、美花のような奔放さは持ち合わせていないので、なおさら抵抗感と、妖しい感覚は強いのだろう。

新十郎が舐め尽くすと、美花が支えながら足を交代させた。彼がそちらも充分に味と匂いを堪能すると、美花はいったん香穂を彼の顔から引き離した。

何しろ裁着袴を穿《は》いているので、それを脱がせないと陰戸が丸出しにならず、彼の顔を跨がせられないのだ。

「さあ、脱ぎましょう」

美花が膝を突き、袴の前紐を解きはじめた。香穂も剣術は強いくせに、あまりの妖しい雰囲気に呑まれ、この小娘の言いなりになっていた。

袴を脱ぎ去ると、中の着物は端折《はしょ》られていて、白くスラリとした脚が丸出しになった。しかも香穂は、男のように下帯を着けていたので、美花はそれも取り去ってしまった。

「さあ、では私がしたように」

「し、しかし……、男の顔を跨ぐなど……」

「大丈夫。ほら、新吉はまた大きくなっているから、嬉しいのですよ」

ためらう香穂を宥《なだ》めるように言い、美花は彼女の手を引いて再び仰向けになっている新十郎の顔のそばまで導いた。

彼が胸を高鳴らせていると、香穂も好奇心と欲望に負け、とうとう跨ってきた。

そして美花に支えられながら、恐る恐るしゃがみ込んでくると、股間の中心部が一気に鼻先にまで迫ってきた。

さすがに鍛えられた脚は逞《たくま》しく、それがしゃがみ込むと、さらに硬く張りつめた。

恥毛は楚々《そそ》として、美花よりも淡い感じである。陰戸も幼く、僅かに縦線の割れ目から桃色の花びらがはみ出しているだけだった。

その花びらが僅かに開いて、生娘の膣口と、その周辺に入り組む襞が覗き、さらに包皮の下からは小指の先ほどのオサネが光沢を放って顔を覗かせていた。

股間全体には、ふっくらとした甘ったるい汗の匂いと、乾いたゆばりの匂い、それに蒸れた体臭や、生娘特有の恥垢の匂いなどが悩ましく入り混じっていた。

恥毛の丘に鼻を埋めて嗅ぐと、さらに濃厚な女の匂いが鼻腔を刺激し、舌を這わせると割れ目の表面からは汗とゆばりの味が感じられた。

舌先で襞の入り組む膣口を舐め、滑らかな柔肉をたどってオサネまで舐め上げていくと、

「アアッ……!」

それまでじっと息を詰めて耐えていた香穂が、耐えきれずに声を洩らし、僅かに覗く下腹をひくひくと波打たせた。

真下から見られるだけでも相当な羞恥だろうに、舐められるとなると、かなりの衝撃だろう。それに剣術一筋の香穂は、春本などを目にしたことのある美花とは違い、自分でいじったこともないようだった。

オサネを舐めているうち、割れ目全体が生温かな蜜汁でぬらぬらと潤ってきた。それやはり美花よりも大柄で十九の健康体ともなれば、蜜汁の量も多いのだろう。それ

に、今までろくに蜜汁など分泌していなかったから、いったん溢れるとなると今までの分も合わせて急激にたっぷりと溢れてきた。

「気持ちいいでしょう、香穂様……」

覗き込みながら、美花は自分のことのように興奮して息を弾ませていた。

「いや……、恥ずかしくて、何が何やら……、ああッ……！」

香穂は、自分の身に何が起きているか理解できないほど混乱し、声を上ずらせて喘いでいた。

「お尻の方も舐めてもらってください」

美花が言い、しゃがみ込んでいる香穂を支えた。新十郎も少し潜り込むように移動し、真下から両の親指で形良い尻の谷間をぐいっと広げた。

奥には可憐な薄桃色の蕾がひっそりと閉じられ、鼻を埋め込むと顔中にひんやりする双丘が密着し、秘めやかな匂いが鼻腔を刺激してきた。

舌先でくすぐるように蕾を舐めると、細かな襞の震えとともに、鼻先にある割れ目も艶かしく収縮した。

「あうう……、そのようなところを舐めるなど……」

香穂は、きゅっきゅっと肛門を開閉させながら呻いた。

新十郎は念入りに舐め回し、充分に濡らしてから舌先を潜り込ませていった。

内部は、ぬるっとした滑らかな粘膜で、うっすらと甘苦いような微妙な味覚があった。彼が執拗に舌を出し入れするように蠢かせると、陰戸から溢れた大量の蜜汁が鼻を生温かくぬめらせてきた。

やがて彼が肛門から舌を離し、溢れる蜜汁をすすりながらオサネまで舐め上げてゆくと、とうとう香穂は彼の顔の上に突っ伏してしまった。

四

「アア……、身体が痺《しび》れて、自分のものでないような……」

「香穂様、大丈夫？」

ひくひくと痙攣を続ける香穂を美花が支え、何とか新十郎の顔から引き離した。

どうやら香穂は小さく気を遣ってしまったようで、初めての感覚に激しく戸惑っていた。

「入れると、もっと良くなるのですよ。先に私が……」

美花が言い、すっかり元の大きさになっている一物に屈み、しゃぶりついて唾液のぬめりを与えた。新十郎は傷の痛みも忘れて快感に包まれ、二度目の絶頂に向けて高まりはじめていた。

美花は充分に濡らしただけで顔を上げ、そのまま裾をからげて茶臼《ちやうす》（女上位）で一物に跨ってきた。そんな様子を、香穂は壁に寄りかかり脚を投げ出したまま見守っていた。

「ああーッ……！」

位置を定めて座り込み、たちまち肉棒を陰戸の奥まで受け入れると、美花が顔をのけぞらせて喘いだ。三度目だし、二度目であれほど感じてしまったのだから、もう痛みより快感の方が大きいようだった。

新十郎も根元まで柔肉に包まれ、その温もりと感触を嚙みしめた。

「すごい……、本当に入った……」

香穂が目を丸くして呟いた。

「ああ……、いい気持ち……」

美花は股間を密着させ、ぐりぐりとこすりつけて喘ぎながら帯を解き放ち、着物と襦袢を開いて乳房を露わにさせた。そして屈み込み、彼の顔に初々しい乳首を押しつけてきた。

新十郎も桃色の乳首に吸い付き、興奮による甘ったるい汗の匂いを嗅ぎながら、内部で一物を脈打たせた。

「駄目……、すぐいきそう……」

美花が、すっかり性感を研《と》ぎ澄《す》ませたように言い、腰を使いはじめた。香穂に見られていることが、なおさら高まりを煽《あお》っているようだった。

そして彼が股間を突き上げると、本当に気を遣ったようにがくがくと狂おしい痙攣を開始した。

「アア……、気持ちいい……、いく、ああーッ……！」

美花が口走り、粗相したように溢れる淫水のぬめりで、動くたびにぴちゃくちゃと卑猥な音が響いた。膣内の収縮も激しくなり、美花は股間をぶつけるように激しく動き続けた。

しかし新十郎は、必死に堪えていた。何しろ次には、香穂と出来るかも知れないのだ。それに一回射精しているから、何とか美花の嵐が過ぎ去るまでは我慢することが出来た。

「ああ……」

ようやく硬直を解きながら、美花が声を洩らして突っ伏してきた。

新十郎は彼女を抱きすくめ、甘酸っぱい息を感じながら勃起したまま保った。

美花も、呼吸を整えながらゆっくりと余韻を嚙みしめ、ようやく股間を引き離して隣に横たわった。

「そんなに、良いものなのか……」

香穂が、呟くように言った。

「ええ……、どうか、香穂様も入れてみてくださいませ……」

美花が、まだ息を弾ませて答えた。

「だが、最初は痛いと聞くが」

「毎日激しいお稽古をなさっている香穂様なら、大丈夫でしょう」

言われて、香穂も好奇心を丸出しにして身を乗り出してきた。痛いのが恐ろしいのかと言われる前に、自分からする気になったようだ。

新十郎は思惑が当たり、期待に身構えた。

香穂は、さっき美花がしたことを真似て彼の一物に跨り、彼女の淫水にまみれた肉棒の先端を陰戸に押し当てた。

僅かに腰を沈めると、張りつめた亀頭が浅く潜り込んだ。

「あう……」

「大丈夫。思い切って入れてみてくださいませ」

香穂が呻くと、いつしか身を起こした美花が彼女の肩を支え、助けるというより強引に押しやる感じで座り込ませてしまった。

たちまち屹立した肉棒が、ぬるぬるっと滑らかに生娘の陰戸を貫いていった。

「く……!」

顔をのけぞらせた香穂は、眉をひそめて奥歯を嚙みしめた。

新十郎も、生娘の締め付けと温もりに暴発を堪え、息を詰めていた。香穂は完全に座り込み、一物は根元まで深々と入っていた。

すると美花が香穂の帯を解いて着物をはだけさせ、あまり大きくはないが実に形良く初々しい乳房を露わにさせた。

新十郎が抱き寄せながら潜り込んで乳首を吸うと、

「ああ……」

香穂が声を洩らし、身を重ねてきた。稽古の直後と言うだけあり、胸元はじっとりと汗ばみ、腋《わき》からは何とも甘ったるく濃厚な体臭が漂ってきた。

新十郎は左右の乳首を交互に含んで舌で転がし、腋の下にも鼻を潜り込ませ、楚々とした腋毛にこすりつけながら汗の匂いに酔いしれた。

そして股間を突き上げると、実に心地よい摩擦が一物を刺激してきた。

もう我慢する必要はないから、彼も次第に遠慮なく律動しはじめた。

「く……！」

香穂は呻きながらも、破瓜《はか》の痛みに耐えるように彼の肩に腕を回し、きつく抱きすくめてきた。

「痛いですか。止めても構いませんが」

「大事ない……、続けて……」

囁くと、香穂が答えた。負けん気ばかりでなく、痛みとは違う何かを探っているようだった。

新十郎は唇を重ね、美人武芸者の甘酸っぱい息を嗅ぎながら舌をからめ、動きを速めていった。美花も添い寝し、嫉妬《しっと》したように腋から唇を重ねてきた。

新十郎は、二人の美少女の混じり合った唾液と吐息を心ゆくまで味わいながら、激しく昇り詰めていった。

「う……、いく……！」

口走り、溶けてしまいそうな快感の中で、新十郎はありったけの熱い精汁を、どくどくと香穂の柔肉の奥へほとばしらせた。

内部に満ちる精汁のぬめりに、動きはさらにぬらぬらと滑らかになった。

香穂は、もう痛みも麻痺《まひ》したようにぐったりと彼に体重を預けていた。

新十郎は心おきなく最後の一滴まで絞り尽くし、徐々に動きを弱めていった。そして香穂の舌を吸い、美花の口を舐め、それぞれの甘酸っぱい吐息と、とろりとした唾液を吸収しながら、うっとりと快感の余韻に浸り込んだ。

ようやく動きを止めると、香穂は身を任せたまま呼吸を整え、やがてゆっくりと股間を引き離して隣に横たわった。

美花が身を起こし、懐紙で先に一物を拭ってから、香穂の陰戸を拭いてやった。

「血は出ていないわ。大丈夫……」

美花が言う。やはり香穂は日頃から激しく動いているから、初回でも常に出血するとは限らないのだなと新十郎は思った。

「いかがでした。初めての情交は」

「確かに痛いが、またしてみたいと思う……」

美花が訊くと、香穂は呼吸を整えながら答えた。初めての体験に、感無量のようだった。

「だが美花は、すでに新吉と何度となく行なっていたのだな……」

香穂が言う。やはり、美花が気を遣る様子もさることながら、何かと主導権を握って行動していたので、最初からそう察していたのだろう。

それには答えず、美花は新十郎の下帯を整えてくれていた。

五

「ああ、大した傷じゃない。明日からは動いても大丈夫だろうさ」

結城玄庵が言い、替えの晒しを縛ってくれた。

美花が、帰ってゆく香穂を見送りに出たとき、ちょうど通りかかった玄庵を招き、新十郎の傷の様子を診てもらったのだ。

「有難うございました」

美花が言うと、玄庵はそのまま帰っていった。

やがて日が傾く頃になると、外出していた女中たちも順々に戻って夕餉の支度をはじめた。

しかし、甲吉だけは逐電したまま帰ってこなかった。

そして日が暮れ、皆が夕餉を終える頃に奈津が戻ってきた。彼女は、十八ばかりの青年を同行させてきていた。

「三太《さんた》というのさ。うちは男手が少ないからね、手代として働いてもらうよ」

奈津が、三太を皆に紹介した。実に真面目そうな美青年で、奈津の亡夫の暖簾《のれん》分けした店から引き抜いてきたらしい。あるいは奈津は、美花の婿として招いたのかも知れなかった。

そして美花と新十郎は、奈津に甲吉のことを話した。

「そうかい……。いつか、そんなことになるんじゃないかと心配していたのだけど、新の傷が大したことなくて良かったね。香穂様が来てくださったのなら安心だ」

奈津は、嘆息して言った。

その大事件があったことと香穂が来ていたことで、幸いにも奈津は、新十郎と美花の関係は疑わなかったようだった。

「それにしても、甲吉は困った男だねえ……。美花の婿には不足だったけど、然《しか》るべき嫁を見つけてやろうと思っていたのに。最近とみに金がなくなっているから、問い質《ただ》そうと思っていた矢先だったのさ」

「どこへ行ったんだろうね、おっかさん……」

美花も、三人での戯れよりも、あらためて甲吉に犯されかかったことを思い出したように、身震いして言った。

「まあ、もう帰って来れないだろうさ。あいつのことは忘れて、三太も加えて私たちで今まで通り頑張っていくしかないよ。あとはお役人の仕事だね」

奈津は言い、明日にでも知り合いの親分に相談してみるようだった。

やがてその夜は、皆も寝ることになった。新十郎は女中部屋ではなく、そのまま客間に寝かされた。

美花は昼間ですっかり満足しているし、奈津も今日は出ずっぱりのうえ甲吉のことで心労も加わったから、疲れて眠ってしまったようだった。新十郎も、久しぶりにぐっすり眠ることが出来た……。

——翌日は、新十郎も起き出していつものように仕事をした。

奈津や美花は彼の傷を気遣ってくれたが、実際もう痛むことはなく、傷口も完全に塞《ふさ》がっていた。それに玄庵も動いてよいと言っていたので、新十郎は普通に厨を手伝った。

甲吉はいないが、それほど店の仕事に支障はなかった。今まで、いかに役に立たなかったかが証明されたようなものだ。しかも甲吉に任せていた帳簿を奈津が調べたところ、かなりの不備があることも分かったのである。

そのてん、新たに入った三太は奈津が目をかけただけに実に優秀で実直。美花も最初から懐いて、すぐにも彼は七福に溶け込んでいったようだった。

そして日が傾く頃、近所の子供が新十郎に手紙を持ってきた。兄、仙之助からの呼び出しである。

手紙には、明日にも山辺の屋敷へ行って問い質《ただ》すことがあるので、その前に新十郎の知っている情報を得たいと書かれていた。

奈津に言うと、仙之助の用事だからと快く出してくれた。

今日は仙之助も帰宅するというので、久々に番町の屋敷で夕餉をと言ってきたのだ。

約束は夕七つ（午後四時頃）だが、手紙を見たのが遅かったため、彼は刻限より少し遅れて七福を出た。

すると、途中でばったり香穂に会った。どうやら、道場の帰りらしい。

「これは、昨日はどうも」

「こちらこそ。今日はどちらへ？」

挨拶すると、香穂は少々決まり悪そうに答えた。やはり昨日の体験は、かなりの衝撃で、今も余韻が残っているのだろう。それでも、美花がいない場所では彼を武士と扱い、言葉も改められていた。

「番町の屋敷へ戻ります。夕餉に呼ばれたもので」

「そうですか。足は痛みませぬか」

「はい。おかげさまで何でもありません」

新十郎が言うと、香穂も同じ方向か、一緒に歩きはじめた。あるいは、彼と離れがたい感情になっているのかも知れない。

さすがに香穂は言葉少なで、やがて二人は古寺の境内を横切って番町への近道を取った。

すると、その時である。

いきなりばらばらと数人の武士が飛び出してきた。

「何者！」

香穂はすぐにも気持ちを切り替え、連中に向かって言うと、素早く鯉口を切っていた。相手は全部で三人、旗本ふうの若侍だ。顔も隠さず一斉に抜刀したので、最初から殺害を目的としているのかも知れない。

「新吉どの、下がって」

香穂は言いながら、自分もスラリと刀を抜き放った。

一人目が、いきなり踏み込んで袈裟に斬りかかってきた。しかし連中も、斬り合いなど初めてなのだろう。相当に緊張しているようで勢いはなかった。

そのてん、男勝りの香穂の方が落ち着いているようだ。あるいは町の喧嘩《けんか》など、修羅場を潜《くぐ》った数が多いのかも知れない。

香穂は初太刀を軽くかわし、その腕に強かな峰打ちを叩き込んだ。

「ぐわッ……！」

男は奇声を発し、ガチャリと大刀を取り落として蹲《うずくま》った。

香穂はさらに自分から二番手へ踏み込んだが、その勢いに、たたらを踏んで下がった男ではなく、横にいた方の脇腹に峰打ちを加えた。

「うわ……！」

香穂の鬼神のような働きに、たちまち二人が戦闘不能となった。

残る一人も、予想外の香穂の強さに刀を構えたまま立ちすくんでしまった。

緊張していた新十郎も、これなら大丈夫と思い、少し余裕を持って周囲を窺った。

すると、木陰からこちらを見ている甲吉の姿を認めた。

新十郎は脚を庇《かば》いながら駆け出し、迂回するように甲吉を追い詰めて襟首を摑んで押さえつけた。

さらに、そこへ声がかかったのだ。

「どうした！　新十郎！」

兄の仙之助である。

どうやら来訪が遅いので、見に来てくれたようだ。

状況を察するや、仙之助は抜刀して境内に踏み込んできた。そして香穂が鋭い突きを見舞うと、残る男は触れる前に腰を抜かし、その場にへたり込んでしまった。

「山辺の知り合いか」

仙之助が刀を納め、三人を睨み付けて言った。巨体だから実に迫力がある。

新十郎も、甲吉を引っ張って、三人の近くへ突き飛ばした。四人は身を寄せ合い、反撃する気力も失って青ざめるばかりだった。

「あなたは、深見様……」

「やあ、香穂さんか。弟が世話になったようだ」

香穂が納刀して言うと、仙之助も笑みを浮かべて答えた。あとで聞くと、どうやら道場で顔見知りだったようだ。そして香穂は、新十郎が膳奉行である仙之助の弟と知って驚いていた。

「さて、どうするか」

「髷でも切っておきましょうか」

仙之助が言うと、香穂が憤懣《ふんまん》やるかたない表情で答えた。

「そ、そればかりは、どうかご勘弁を……」

最初に斬りかかってきた一人が、香穂に打たれた手首を押さえながら声を震わせて言った。

「虫の良いことを言うな。こたびのことは、誰に頼まれたのだ!」

仙之助が巨体で詰め寄った。しかし甲吉を含む四人は、ただ身を縮めているだけだった。

「よし、では髷をもらうぞ」

「お、お待ち下さい……。確かに、この甲吉と山辺どのに……」

一人が、簡単に口を割ってしまった。旗本の次男三男とはいえ、やはり家名を背負っている以上、武士の象徴である髷を切られるのは大変なことなのだ。

「ふん、どうせ山辺から小遣いをもらっていたのだろう。その金の出所は、甲吉か」

仙之助は言い、三人の家紋を記憶したようだ。

おそらく甲吉は山辺から言われ、武士なのに町人姿で七福にやって来た新十郎の動静を探っていたようだった。そして新十郎が外出したのでつけ、さらに香穂とも行き会ったので急いで山辺に報せ、その配下の者が闇討ちに来たのだろう。

「金だけならまだしも、闇討ちとは卑怯《ひきょう》！　深見様、私は役人に知らせてきます」

「いや、明日にも目付ともども乗り込むつもりです。山辺は甲吉から金を貰うばかりでなく、公金横領の疑いもある。その証拠もほぼ揃いましたので」

香穂の言葉に、仙之助が答えた。

「さあ、お前たち、山辺の屋敷に戻るがよい。そして伝えろ。身を処する機会は今宵のみだとな」

仙之助が言うと、四人は震える手で刀を納めて立ち上がり、支え合うように境内から逃げ去っていった。

「明日、ひょっとしたら今宵の経緯をお話しいただくかも知れません」

「承知しました。では私はこれにて」

仙之助に言われて香穂は答え、彼と新十郎に辞儀をして去っていった。

「さあ、私たちも戻ろう。乙香が夕餉の仕度をして待っている」

「はい。兄上、助かりました。有難うございました」

「ああ、見に来て良かった。もっとも、あのお転婆だけでも充分だったようだがな」

仙之助は笑って言い、一緒に番町の屋敷へと帰った。

もちろん乙香には、不穏な話など一切せず、兄弟は軽く一杯やりながら夕餉を囲んだのだった。

やがて新十郎は久々に兄と話し、すっかり夜が更けてから辞して、七福へと戻ったのだった。そして奈津に声をかけ、その夜はすぐ自分の部屋へ戻って寝ることにした。

(兄上と義姉上、今夜はするだろうか……。うまくいくと良いが……)

新十郎は思った。やはり乙香には幸せな日々を送ってもらいたいし、その合間に、また自分とも密かに情交してほしかった。

すると、その時、隣の部屋から悩ましい声が聞こえてきた。

第五章　美人武芸者の熱き滴り

一

（何だろう……。確か隣は、三太の部屋……）

新十郎は思い、寝ようとしていた体勢を立て直し、四つん這いのままそろそろと部屋を出た。

彼の部屋は女中部屋の端《はし》で、その隣に三太が入った。三太は最初から手代扱いだから、広い六畳間で行燈《あんどん》もあった。

襖の隙間からそっと覗《のぞ》いてみると、何と中には美花が来ていた。

美花は寝巻き姿で、そして全裸で仰向けにされている三太の姿が、ぼうっと行燈の灯に浮かび上がっていた。

「ああ……、いけません。お嬢様、そんな……」

三太は激しく勃起しながら、羞恥と戸惑いに身を震わせていた。どこから見ても無《む》垢《く》というか、実に初々《ういうい》しい様子である。

「大丈夫。教えてあげるからじっとしていて……」

美花は、すっかり色事の熟練者のように笑みを含んで囁《ささや》き、彼の屹立した一物を弄《もてあそ》んでいた。

覗いている新十郎は、激しく興奮してきた。

もちろん美花には、この手で女にしたのだという思いがあるから嫉妬も湧くが、これで美花が自分を忘れ、三太に夢中になってくれれば別れも楽になるという思いもあった。どちらにしろ新十郎は、間もなくこの七福を去るのである。

どうやら美花は、奈津の思惑通り三太が気に入り、早速にも筆下ろしをさせてしまう気になったようだった。

やはり快楽に目覚めてしまったところへ、無垢で見栄えの良い青年が身近に来たら、それは飢《う》えた獣の前に餌が置かれたのと同じことなのだろう。

美花は新十郎に好意は持っているが、やはり何となく一緒にはなれないという気配を感じているのかも知れない。それに美花にとって新十郎は、好奇心を向けて弄ぶ相手という気持ちが一番強いようだった。その現われが、先日の香穂との三人での行為だったのだろう。

「お、お嬢様……」

「いいのよ。出ちゃいそうなのね。構わないわ。一度出してから、落ち着いて私を好きにして」

美花は囁きながら幹を揉みしだき、とうとう屈み込んで一物にしゃぶりついた。

三太の肉棒は、新十郎とほぼ同じぐらいである。おどおどした無垢な様子に好感が持てるので、見ていても、さして嫌悪感は湧かなかった。

「アア……、い、いけません。出ちゃう、お嬢様……」

三太は緊張と快感に身悶え、熱く息を震わせながら身を反《そ》り返らせた。

美花は構わず、落ち着いた様子で亀頭を舐め回し、幹とふぐりを指で弄んでいた。

深々と含むと、内部では舌が蠢《うごめ》いているのだろう。さらに彼女が顔を上下させ、すぽすぽと淫らな音を立てて口で摩擦すると、

「ああーッ……！」

たちまち三太は昇り詰めてしまったようで、声を洩らしながらがくがくと全身を波打たせた。

「ンン……」

美花も、喉を直撃されたのだろう、小さく鼻を鳴らしながら動きを止め、吸い付い

たままごくりと喉を鳴らした。

さすがに早い。含んで数秒で果ててしまったようだった。見ていた新十郎は、自分も愛撫されていたかのように激しく勃起していた。

全て飲み干した美花は、ようやく口を離して舌先で鈴口を舐め回し、完全に清めると、自分も寝巻きを脱いで全裸になり、ぐったりしている三太に添い寝していった。

「気持ち良かった？　ごめんね。春本で読んだことがあって、どうしてもしてみたかったの……」

美花が囁き、さり気なく自分も無垢なのだということを言った。

「何だか、夢のようです……」

三太は、まだ荒い呼吸を繰り返しながら言った。しかし、さすがに初体験の感激と興奮に、彼女の唾液に濡れた一物は萎えることもなく勃起したままだった。

「私もよ……。さあ、今度は三太が私を好きなようにして……」

美花が、鼻にかかった甘えるような声で囁いた。覗きながら新十郎は、美花がこんなに可愛い声で話すのを初めて聞き、また嫉妬と興奮に股間を熱くさせた。これほど最初から、新十郎とは扱いが違うのだろう。

「で、でも、どのようにしたら……」

三太は、春本すら読んだことがないように、心細げに言った。

「じゃ、口吸いをして……」

美花が言い、彼の身体を押し上げるようにすると、ようやく三太は身を起こし、上からピッタリと彼女に唇を重ねていった。

熱い息が交錯し、二人は抱き合った。おそらく美花の方から舌を伸ばしていったのだろう。新十郎の位置からは、美花の陰戸が見え、それが行燈の灯にヌラヌラと潤っているのが分かった。

やがて唇が離れると、美花は仰向けのまま彼の顔を誘導して押し下げ、乳房を突き出していった。三太が素直に乳首を含むと、美花は彼の手を握ってもう片方の膨らみに導いた。

「アア……、いい気持ちよ……」

美花がうっとりと喘ぎ、柔肌をくねらせはじめた。

「こっちも……。必ず両方吸って……」

彼女が言うと、三太は何でも言いなりになった。きっと二人が夫婦になっても、ずっとこうした関係が続くのだろうと新十郎は思った。

さらに美花は、三太の顔を下方へと押しやった。

「ね、ここも……、入れる前に、少しだけでいいから舐めて……」

美花は次第に熱く息を弾ませながら言い、彼の顔を股間に移動させた。

もし彼女が、新十郎と関係を持たなかったら、ここまで大胆には求めなかっただろう。美花をこのように多情にさせてしまったのは、奈津の血筋もあるだろうが、やはり新十郎との行為が大きいようだった。

三太は、ここでも素直に抵抗なく彼女の股間に顔を埋め込んだ。

(そうだそうだ。偉いぞ。ちゃんと舐めてやれよ……)

新十郎は覗きながら思い、ときには三太の拙《つたな》い愛撫がもどかしくさえなった。

「ああン……、気持ちいいわ……、そこ、もっと……」

三太の舌先がオサネに触れたのだろう。美花は内腿でむっちりと彼の顔を挟み付けながら喘いだ。

「い、いいわ。入れて……」

やがて彼女は、オサネへの刺激で気を遣ってしまう前に口走った。

足の指や肛門を舐めさせないのは物足りないが、これから死ぬまでともに暮らす二人は、そう急ぐこともないのだろう。

三太は身を起こし、たった今射精したばかりなのに、待ちきれないように息を弾ませ、勃起した肉棒を震わせていた。

そしてぎこちなく先端を割れ目に押し当て、しきりに突こうとした。

「もう少し下……、そう、そこよ、来て……、あうう……！」

ぬるりと挿入すると、美花がびくりと顔をのけぞらせて呻いた。

三太も息を詰め、根元まで完全に押し込んでいった。見ている新十郎も緊張し、息詰まる筆下ろしの瞬間であった。

「いいわ、とっても……。脚を伸ばして重なって……」

美花が両手を伸ばし、彼を抱き寄せながら言うと、三太は股間を押しつけたまま両脚を伸ばし、彼女にのしかかっていった。

「突いて、腰を前後に……」

下から美花が言う。こう何もかも教えてしまっては、今は三太も興奮しているから良いようなものの、これから所帯を持って長く暮らすうちには、あのときの美花は確実に無垢ではなかった、と思うのではないだろうか。

まあ先の心配を新十郎がしても仕方がない。その頃は、もう新十郎もこの七福との縁が切れているだろう。

やがて三太が腰を前後させはじめた。美花も相当に濡れているらしく、すぐにもくちゅくちゅと卑猥に湿った音が聞こえてきた。そして襖の隙間から、二人の熱気が洩れ漂ってくるようだった。

「ああ……、ま、またいきそうです、お嬢様……」

「もう少し我慢して……、ああ、いい……、いく、アアーッ……！」

三太が切羽詰まると、それに合わせるように美花も急激に気を高め、とうとう昇り詰めたようだった。その勢いに巻き込まれ、三太も耐えきれず続いて絶頂に達したらしい。

二人とも喘ぎながら、腰だけは激しくぶつけ合っていた。

三太は勢いよく射精しているようで、美花も絶頂を一致させて満足げに身悶えながら股間を跳ね上げていた。

徐々に三太の勢いも弱まり、美花も硬直を解いて身を投げ出していった。

覗き見ていた新十郎も、そろそろ引き上げ時と思い、二人が静かになる前にそっと自分の部屋へと戻っていった。本当なら見ながら手すさびしたかったが、それでは気配に気づかれてしまうだろう。

自室に戻り、壁に耳を当てると、二人は何やら囁き合い、身を離して股間の処理をはじめたようだった。

新十郎は、嫉妬よりも二人の交接が上手くゆき、ともに大きな快楽を得られたことを嬉しく思った。

布団に横になって手すさびしようかと思ったが、結局疲れてしまい、そのまま新十郎は眠りに就いていったのだった。

二

「腹を切る猶予はあっただろうに、何と情けない」

「でも、結局謹慎で済んでしまいましたね」

香穂が言うと、久しぶりに武士の姿に戻った新十郎は答えた。

仙之助ともども新十郎と香穂は目付邸へ呼ばれ、三人は目付に経緯を説明し、結局山辺は謹慎というところに落ち着くようだった。

横領した公金は僅かだったし、それは全て山辺の養父が立て替えたのである。もちろん御台所頭の職も失うことになり、山辺家もとんだ養子を迎えたものだった。

山辺に加担した三人の若侍も、それぞれ謹慎の達しがゆくことだろう。

ただ甲吉が七福からくすねた金は戻らず、奈津が正式に訴え出たので、おそらく甲吉は江戸所払い、悪くすれば遠島になるかも知れない。

「それで、新十郎どのはどうなさいます」

香穂も、彼を本名で呼んだ。

「ええ、また町人姿で七福へ戻ります。そして機を見て義姉上に迎えに来てもらい、正式に店を辞めることになるでしょう」

「左様ですか。今日は、まだお時間ございますか」

「はい。七福へは夕刻までに戻ればよいでしょう」

「ならば、その、あそこへ入ってみたいのですが……」

香穂は少しもじもじして、彼方にある出合い茶屋を指して言った。

「承知しました。ぜひ」

新十郎も、激しい淫気を覚えていただけに、すぐにも応じて先に歩いていった。

やはり美花を交えず、香穂とは二人きりで行ないたかったし、それに昨夜は美花と三太との秘め事を覗き見たのに手すさびもしなかったから、相当に欲求も溜まっていたのだ。

中に入ると、すぐに二人は二階の部屋に通された。

床が敷き延べられ、枕が二つ。前に美花と入った店とは違うが、どこも似ていて、情交するためだけの部屋という淫靡さが漂っていた。

新十郎は、すぐ部屋の隅に大小を置き、袴の前紐を解いた。香穂も、自分から言いだしたものの多少ためらいながら、やがて同じように脱ぎはじめた。

彼は先に手早く下帯まで解いて全裸になり、横たわって香穂を見上げた。武家の娘で、しかも自分で女にした相手だから激しく期待と興奮が湧き上がった。

「ああ……、恥ずかしい……」

香穂は袴と着物を脱いで言い、背を向けてしゃがみ込み、襦袢で隠しながら下帯を解き放った。男のような下帯が恥ずかしいのだろう。

そして美花を加えた三人でなく、二人きりという状況に激しく淫らなものを感じているようだった。やはり前回は、明るく奔放な美花に巻き込まれた感じだったから、今日が香穂にとっての初体験のようなものなのだろう。

ようやく襦袢まで脱いで一糸まとわぬ姿になると、香穂は添い寝して肌を密着させてきた。

新十郎は抱き締めて唇を重ね、甘酸っぱい果実臭の息を嗅ぎながら舌を差し入れていった。

「ンン……」

すっかり興奮が高まった香穂は熱く息を弾ませて呻き、潜り込んだ彼の舌に強く吸い付いてきた。舌をからめると、柔らかく滑らかな感触と、生温かくトロリとした唾液が何とも心地よかった。

やがて充分に美人武芸者の唾液と吐息を味わってから、彼は口を離し、白い首筋を舐め下りて、初々しい薄桃色の乳首に吸い付いていった。

「ああッ……！」

香穂は顔をのけぞらせて喘ぎ、今日も甘ったるい濃厚な体臭を揺らめかせた。

新十郎は突き立った乳首を舌先で弾くように舐め、もう片方も念入りに愛撫した。

そして顔中を膨らみに埋め込み、柔らかな感触を味わってから、和毛の煙る腋の下にも鼻を押しつけ、心酔わす匂いに陶然となった。

香穂はくすぐったそうに身をくねらせ、さらに甘い匂いを漂わせた。

やはり美花がいたときと違い、羞恥と興奮は倍加しているらしく反応が激しいようだった。

彼は肌を舐め下り、中央に戻って臍《へそ》を舐め、さらに腰骨から太腿へと舌でたどっていった。肌はどこもうっすらと汗の味がし、どこに触れても香穂は息を呑んで身を震わせた。

足首まで舐め下りると、彼は屈《かが》み込んで足裏を舐め、指の股の蒸れた匂いを楽しみながら爪先《つまさき》にもしゃぶりついた。

「あう……！　なぜ、そのようなところを……」

香穂が声を震わせ、驚いたように言った。先日に彼が二人の足を舐めたのは、美花の勢いに押されて仕方なく、とでも思ったのだろう。実は、誰より新十郎自身が舐めたい場所なのである。

新十郎は指を吸い、指の間に舌を割り込ませ、味と匂いを存分に堪能してから、もう片方も念入りにしゃぶり尽くした。

そして香穂をうつ伏せにさせ、踵から脹《ふく》ら脛《はぎ》、ひかがみから太腿へと舐め上げ、時には張りのある肌にそっと歯を立てた。

「ああ……」

香穂は枕を抱き、尻をくねらせて喘いだ。

新十郎は尻の丸みを舐め上げ、腰骨から滑らかな背中を舐め、肩とうなじまで舌でたどり、黒髪にも顔をうずめて匂いを嗅いだ。耳たぶを噛み、耳の穴に舌を差し入れると、香穂はびくりと肩をすくめて息を詰めた。

再び来た道を舐め下り、脇腹にも寄り道しながら新十郎は彼女の尻に戻ってきた。

うつ伏せのまま脚を開かせ、その間に腹這いになった彼は尻に迫り、両の親指でむっちりと谷間を広げた。

奥ではひっそりと桜色の肛門が閉じられ、細かな襞を震わせていた。

鼻を埋め込むと、秘めやかな微香が籠もり、新十郎は何度も深呼吸しながら舌先を蕾《つぼみ》に這わせた。

「く……、駄目、汚いから……」

香穂は顔を伏せたまま言い、うねうねと艶かしく尻を蠢かせた。

新十郎は濡れた蕾に舌先を潜り込ませ、滑らかな内壁も味わった。そして顔全体を前後させて舌を出し入れさせ、充分に愛撫してから顔を離した。

そのまま再び彼女を仰向けにさせ、片方の脚をくぐって股間に顔を寄せると、悩ましい匂いを含んだ熱気と湿り気が立ち昇ってきた。

「は、恥ずかしい……」

香穂は目を閉じ、股間に彼の熱い視線と吐息を感じながら口走った。

新十郎は、左右で小刻みに震える内腿を舐め、中心部に目を凝《こ》らした。やはり美花と一緒に行なったときとは印象が違う。楚々とした恥毛がそよぎ、割れ目からはみ出した桃色の花びらは、しっとりと露を宿して息づいていた。

生娘でなくなったばかりだが、その色合いと形状は実に初々しかった。そっと指を当てて陰唇を左右に開くと、奥の柔肉が丸見えになった。細かな襞に囲まれた膣口は大量の蜜汁にまみれ、ぽつんとした小さな尿口が見え、さらに包皮の下から光沢あるオサネが突き立っていた。

もう我慢できず顔を埋め込むと、柔らかな茂みの隅々には、濃厚な汗の匂いとゆばりの刺激が籠もっていた。

新十郎は何度も深呼吸して美人剣士の匂いを嗅ぎながら、そろそろと舌を伸ばしていった。はみ出した陰唇に触れ、徐々に中へ差し入れてゆくと、すでに溢れた蜜汁がぬらりと舌を濡らしてきた。

彼は淡い酸味のヌメリを味わいながら、膣口の襞からオサネまで舐め上げた。

「アアッ……、き、気持ちいい……！」

香穂がびくっと顔をのけぞらせ、内腿できつく彼の顔を締め付けながら口走った。

彼はもがく腰を抱えて押さえつけながら、舌先をオサネに集中させた。さらに指先で膣口を探り、ぬるりと中に潜り込ませた。

「あうう……」

「痛くないですか」

「もっと、動かしてください……」

香穂は声を上ずらせて言い、さらに大量の淫水を漏らした。

新十郎は上唇で包皮を剝き、完全に露出したオサネに吸い付き、舌先で小刻みに弾くように舐めながら、膣内の天井を指の腹でこすった。

「駄目……、何だか、身体が宙に……、ああーッ……！」

香穂は声を上げ、たちまち気を遣ってしまったようにがくがくと狂おしい痙攣を開始した。そして潜り込んだ指を締め付け、柔肉を蠢かせた。

蜜汁の味が濃くなり、酸味とゆばりの成分が入り混じり、粗相したように内腿と布団を濡らした。

「も、もう堪忍……！」

気丈な香穂が降参したように言い、それ以上の刺激を拒むように腰をよじった。

ようやく新十郎も顔を上げ、ぬるっと指を引き抜いた。白っぽく濁った蜜汁が粘ついて糸を引き、そのまま彼女は横向きになって身を縮めた。

もう触れていないのに、彼女はいつまでも荒い呼吸を繰り返しながら、断続的な痙攣を続けた。

剣術一筋だった彼女は、快楽への目覚めも達人のように、一気に開花してきたようだ。新十郎は添い寝して抱きすくめ、彼女の肌の強ばりが完全に解けるまで、じっとしていた。

「ああ……、溶けてしまうかと思いました……」

ようやく口をきく気力を取り戻し、香穂はぐんにゃりと四肢を投げ出して喘ぎながら呟いた。

三

「何と、愛しい形……」

仰向けになった新十郎に腕枕され、香穂は彼の一物に触れながら囁いた。

最初は遠慮がちに恐る恐る触れていたが、次第に指先で細部まで観察しはじめ、亀頭から幹、ふぐりの方まで探ってきた。

そして彼女は身を起こし、上になって近々と新十郎を見下ろしてきた。

「今度は私が、好きなようにして構いませんか……」

「ええ、どうぞ、存分に……」

囁かれ、新十郎は期待に激しく勃起しながら答えた。

香穂は一物から手を離し、自分から彼の唇に吸い付いてきた。かぐわしく甘酸っぱい息を弾ませながら舌を差し入れ、彼の口の中を舐め回した。

新十郎も舌を蠢かせ、滴る美女の唾液でうっとりと喉を潤した。

「口吸いは、このようでよろしいのですか……」

唇を触れ合わせたまま、香穂が指南でも受けるように訊いてきた。

「もっと唾を多く……」

「汚くありませんか……」

「男は、女の唾を飲むのが好きなのです……」

彼は答えながら、無垢な香穂を自分好みに調教していくような悦びに包まれた。

香穂も納得したように再び唾液を出し、舌をからめながら口移しに大量に注ぎ込んできてくれた。

舌を伝い、とろとろと小泡の多い粘液が滴ってくると、新十郎はうっとりと受け止めて味わい、心ゆくまで飲み込んだ。

やがて香穂は口を離し、彼の乳首に吸い付いてきた。熱い息に肌をくすぐられ、新十郎も身を投げ出して愛撫を受けた。

「噛むと気持ち良いようですが、本当ですか……」

香穂は、先日の愛撫で彼が悦び、美花も噛んでいたことを思い出して言った。

「ええ、強い刺激の方が感じるのです」

言うと、彼女は綺麗な歯で乳首を挟み、そっと噛んでくれた。

「ああ……、もう少し強く……」

喘ぎながら言うと、香穂はやや力を込めてきた。熱い息と濡れて触れる唇、そして健康的で大粒の歯並びが鋭利に食い込んでくると、何とも甘美な刺激が全身に広がっていった。

香穂はもう片方も念入りに舐め、噛みしめてくれた。

やがて徐々に肌を舐め下り、左太腿の傷口を舐めてくれた。もう晒《さら》しも解いているのでほとんど癒《い》えているが、舐められると痛痒《がゆ》い感覚があり、その刺激に一物がひくひくと上下した。

ようやく彼女が一物に迫ってきた。再び幹に指を添え、粘液の滲む鈴口を舐めてから、張りつめた亀頭をしゃぶった。

「アア……、気持ちいい……」

新十郎は声を洩らし、香穂の愛撫に高まった。

香穂は充分に亀頭を舐め、幹を舌でたどり、ふぐりにもしゃぶりついた。二つの睾丸を舌で転がし、優しく吸い、袋全体を唾液にまみれさせると、彼の脚を浮かせて尻の谷間にも舌を這わせてきた。

「く……、香穂様、そこは……」

新十郎は遠慮がちに言ったが、香穂は止めず、また彼も心地よさに拒むのを止めて愛撫を受け止めた。

自ら浮かせた脚を抱えると、香穂も両手を尻に当てて押さえ、舌先でチロチロと肛門を舐め、厭《いと》わずぬるっと舌先を内部に潜り込ませてきた。

「あう……」

新十郎はくすぐったいように呻き、きゅっと締め付けて美女の清らかな舌を肛門で感じた。香穂も内部で執拗に蠢き、自分がされたように顔を前後し舌を出し入れさせた。

そして彼女は舌を引き抜きながら彼の脚を下ろさせ、ふぐりの中央の縫い目を舌先でたどり、肉棒の裏側をゆっくり舐め上げてから、今度は丸く開いた口ですっぽりと喉の奥にまで呑み込んできた。

「アア……、温かい……」

新十郎は快感に喘ぎ、美女の温かく濡れた口の中でひくひくと一物を震わせた。

香穂もきゅっと口をすぼめて吸い付き、内部ではクチュクチュと舌をからみつけてきた。

たちまち肉棒は唾液にまみれ、新十郎は絶頂を迫らせた。

「か、香穂様……、出そうです……」

言うと、彼女はすぽんと口を離して顔を上げた。

「どうなさいます。私の口に出したいですか。でも、出来れば私は情交の方を試したいのです……」

香穂は遠慮がちに、しかし目はきらきらと輝かせながら訴えかけた。

「では、茶臼で入れてくださいませ」

「茶臼とは、また上から跨ぐのですね……。できれば、下になって受け身になりたいです……」

新十郎が言うと、香穂はもじもじと答えた。気丈だから上が似合うかと思ったら、そうではない。あるいは婿でも貰ったとき、初々しいふりをしなければならず、本手（正常位）も体験しておきたいのかも知れない。

「承知しました。ではどうぞ」

新十郎は身を起こして言い、入れ代わりに香穂が仰向けになった。

彼は屈み込み、濡れ具合を確かめるように陰戸を舐め、もう一度かぐわしい体臭で鼻腔を満たした。

「アア……、どうか、早く……」

香穂が舐められて喘ぎ、挿入をせがむように腰をくねらせた。新たな蜜汁も溢れ、もうヌメリは充分すぎるぐらいだった。

新十郎は上体を起こして股間を進め、待ちきれないほど屹立している肉棒に指を添え、押さえつけるように先端を陰戸に押し当てていった。香穂が、すでに生娘ではないのに身構えるように緊張した。

位置を定め、感触を味わいながらゆっくりと挿入していくと、張りつめた亀頭が膣口を丸く押し広げて潜り込んでいった。

「ああッ……!」

香穂が身を弓なりにさせて喘ぎ、ぬるぬるっと心地よい摩擦で肉棒を刺激しながら深々と根元まで受け入れていった。

新十郎も、その快感に暴発を堪えて息を詰め、股間を密着させながら身を重ねていった。中は燃えるように熱く、内部の柔肉がきつく彼自身を締め上げてきた。

肩に腕を回して抱きすくめると、香穂も下からしっかりと両手を回してきた。

茂みをこすり合わせながら徐々に律動をはじめると、大量の蜜汁が心地よい摩擦と卑猥な音を立てはじめた。

深く突き入れるたび、淫水が生温かく溢れ、揺れてぶつかるふぐりを濡らした。

「ああ……、何と、心地よい……」

香穂が、下からも股間を突き上げながら言った。初回から痛みよりも、男と一体になった充足感を得ていた彼女だから、もう二回目にして完全に快楽を覚えはじめているようだった。

新十郎も遠慮なく腰の動きを速め、急激に高まっていった。頑丈そうな彼女は、小柄な彼が体重をかけようが乱暴に動こうが大丈夫そうだ。

たちまち彼は絶頂の快感に貫かれてしまった。

「く……！」

小さく呻きながら、新十郎は股間をぶつけるように律動し、熱い大量の精汁を美人武芸者の柔肉の奥に勢いよくほとばしらせた。

「あうう……、熱い……、もっと出して……！」

彼の絶頂を察した香穂は、自分も気を遣ったように声を震わせ、がくがくと股間を跳ね上げながら狂おしく身悶えた。同時に膣内の収縮も高まり、肌が痙攣しているので、ほぼ本当の快楽を得たようだった。

新十郎は心おきなく最後の一滴まで出し尽くし、徐々に動きを弱めていった。そして果実臭の吐息を嗅ぎながら、うっとりと快感の余韻に浸り込んだ。

「ああ……、良かった……」

香穂も満足げに呟き、肌の硬直を解きながらぐったりと力を抜いていった。しばし荒い呼吸を交錯させていたが、新十郎が身を起こそうとしても、彼女は離してくれなかった。

「まだ、このままで……」

「重いでしょう……」

「どうか、もう少し……」

香穂は、きゅっきゅっと名残惜しげに膣内を締め付けながら答えた。

新十郎も遠慮なく身を重ね、呼吸を整えた。

「ああ……、新十郎どのが、愛しくて堪りません……」

「お強い香穂様は、私などより手練れの猛者《もさ》の方が好きでしょうに……」

「いいえ……、粗暴な男は嫌いです……」

香穂は答え、潤んだ目を向けてきた。新十郎も再び唇を重ねて舌をからめ、快楽を覚えはじめたばかりの美女の唾液と吐息を吸収した。

そして二人して重なったまま、いつまでも熱い息を混じらせて舌をからめていると遠くから夕七つ（午後四時頃）の鐘の音が聞こえてきた……。

四

「こたびは、大変にご苦労様でした。怪我までするとは」

いったん家に戻ると、乙香が言った。

新十郎は、再び町人の姿に戻っていた。

「いいえ、よい勉強になりました」

「最初は私の悋気から発したことなれど、まさかこのような成り行きになろうとは。でも旦那様への疑いが晴れ、その上そなたがお役に立ったのですから、終わり良ければ全てよしということにて」

「はい」

「明日にも、私が七福へ迎えにゆきましょう」

「そうですか……」

新十郎は、小さく嘆息して答えた。肩の荷が下りたことと、七福への未練の両方の感情が押し寄せてくるようだった。

「お嫌ですか。武士に戻るのは」

「そんなことはありません。七福に少々情が移りましたが、それも明日までに断ち切りますので」

「そうなさいませ。良き見合い相手の目安もついております」

乙香は、町人髷を整えてくれながら言った。

もう日暮れなので、もちろん情交もせず、彼はそのまま番町の家を出て、町人の新吉に戻って赤坂の七福へと帰っていった。

店では立て込む刻限なので、奈津も美花も甲斐甲斐しく働いていた。番頭の甲吉はいないが、手代の三太が人の何倍も動き回り、皆への采配も堂に入ったものになりつつあった。

もちろん新十郎も仕事に加わり、やがて客が引けると遅い夕餉を済ませた。

「女将さん、実は明日、乙香様が私を迎えに来るようです。また、お屋敷で人手が足りなくなったとかで……」

新十郎は、部屋へ引き上げる前に奈津に話しておいた。

「そうかい……。長く居るとは思っていなかったけれど、そんなに急に……」

奈津が気落ちしたように言ってくれ、新十郎も寂しいと同時に、嬉しく思った。

「まあ、お武家のお言いつけだ。従わなければならないね。それにお前も、甲吉に斬られたりして大変だったから、お手当は弾ませてもらうよ」

「いいえ、どうかお気持ちだけで……」

新十郎は深々と頭を下げて言った。

こうして、町人の前に平伏するのも明日までだった。もちろん美女に頭を下げるのだから、全く嫌ではなかった。

「三太は大当たりだった。あの子なら、甲吉の分まで頑張って店を守り立ててくれると思う」

「はい。いずれはお嬢様と？」

「ああ、そのつもりだよ。いずれどころか、それこそ急な祝言になるかも知れない。何しろ美花も気に入ったようだからね」

「それは、良うございました」

新十郎は、心から言った。美花を女にしたのは自分なのだが、それは口が裂けても言えないことだ。

そしてもう一度辞儀をし、新十郎は奈津の部屋を出た。自分の部屋に戻り、ここに寝るのも今夜限りだなと思いながら、替えの下帯を用意して湯殿に行った。七福の湯に浸かるのも今宵で終わりだった。

やがて彼は全裸になって湯殿に入り、燭台の薄明かりの中で身体を流し、ぬるめの湯に浸かった。格子窓からは半月が見える。

と、その時である。いきなり全裸の奈津が、湯殿に入ってきたのである。

「お、女将さん……」

「私も忙しくて入りそびれたからね、一緒に入ろう。最後だしね」

奈津が言うと、新十郎は湯から飛び出て彼女の前に膝を突いた。

「では、どうか、洗ってしまう前に足を……」

彼は言い、奈津の片方の足首を摑んで浮かせた。足は、濡れた簀子《すのこ》で最も早く匂いが消えてしまう部分である。

「な、何をするんだい……」

「女将さんの足を舐めたいのです。いつも湯上がりで匂いが薄かったから、せめて今夜だけは……」

新十郎は言いながら、足裏を舐め、汗と脂にじっとり湿った指の股に鼻を割り込ませて嗅いだ。すると、今まであまり感じられなかった匂いが馥郁と、濃厚に鼻腔を刺激してきた。

「あん……、莫迦だね、お前は、こんなことして……」

奈津は声を震わせて感じながらも、好きなようにさせてくれた。

彼は充分に爪先と指の股をしゃぶり、味と匂いが消え失せてからもう片方も舐めさせてもらった。

「さあ、もういいですよ。有難うございます」

左右の足を舐め尽くしてから、ようやく新十郎は言って、彼女を濡れた簀子に踏み込ませた。

そして自分が簀子に仰向けになり、彼女の手を引いて顔を跨がせた。

「今度は何をするの……」

「顔を跨いでください。厠に入ったときのように……」

「だって、お前、まだ洗っていないのに、本当に汚いよ」

「いいんです、どうか……」

手を引っ張って強引に跨がせると、奈津も諦めたように、そのまましゃがみ込んできてくれた。豊満な肉体が圧倒するように迫り、脹ら脛も内腿も、はち切れそうにむっちりと張りつめていた。

陰戸は薄暗くてよく見えないが、燭台の明かりに、ぬめぬめと潤っていることだけは分かった。

下から腰を抱えて引き寄せ、柔らかな茂みに鼻を埋め込むと、今まで感じられなかった濃い体臭が鼻腔を満たしてきた。甘ったるい汗の匂いと、ほのかな刺激を含んだゆばりの匂いが割れ目に籠もり、彼は何度も嗅ぎながら舌を這わせた。

ぬめりの味も、汗とゆばりと淫水が混じり、柔肉の舌触りも趣が違っているように感じられた。

「アア……、いい気持ち……、本当に舐めてくれるんだね……」

奈津は喘ぎ、彼が嬉々《きき》として舌を這わせる様子に、やっと安心したようだった。

新十郎は襞の入り組む膣口を掻き回し、滴る蜜汁をすすりながら、突き立ったオサネまで舐め上げていった。

「く……、そこ……!」

奈津が息を詰めて言い、思わずぎゅっと彼の顔に座り込んできた。

彼は執拗に舐め、溺れるほど大量の淫水を口に受けた。そして白く豊かな尻の真下に移動し、巨大な桃の実のような尻の谷間に鼻を埋め込んだ。

生々しい匂いが胸に染み込み、彼は顔中に双丘を密着されながら、蕾に舌を這わせた。細かな襞の震えが伝わり、さらに内部に舌先を潜り込ませると、滑らかな粘膜に触れた。

「あうう……、駄目だってば、そんなところ舐めたら……」

奈津が言いながらも腰を上げることなく、まるで舌で肛門を犯されるのを望むようにじっとし、きゅっきゅっと蕾を収縮させていた。

その間にも、白っぽく濁った大量の淫水が陰戸から溢れて滴り、彼の鼻をねっとりと濡らしていた。

新十郎は肛門から舌を引き抜き、そのままヌメリを舐め取りながら割れ目に戻り、オサネに吸い付いた。さらに指を濡れた膣内に押し込み、内部の天井の膨らみを圧迫した。

「く……、駄目だよ、漏れそうになっちゃう……」

「いいですよ、女将さんのゆばりなら飲んでみたいのです……」

「莫迦いっちゃいけないよ。そんなこと出来るわけないじゃないか……」

「いえ、どうか……」

新十郎は懇願《こんがん》しながら再びオサネを吸い、指を内部で蠢かせ続けた。

「アア……、いきそう。本当に漏れてしまうよ……、ああ、気持ちいい……」

奈津は譫言《うわごと》のように言いながら簀子に両手を突き、もうなりふり構わず股間全体を彼の顔中にヌラヌラとこすりつけてきた。

新十郎は心地よい窒息感の中、必死に舌を這わせ、指を動かした。

「い、いく……、アアーッ……!」

たちまち奈津はがくがくと熟れ肌を波打たせて声を上げ、とうとう気を遣りながらちょろちょろと放尿をしてしまった。

新十郎は口に受け、生温かな液体で喉を潤した。それは淫水混じりに薄まり、抵抗なく飲み込むことが出来た。量はあまりなく、すぐに止まり、あとは奈津の痙攣だけが延々と続いた。

「も、もう堪忍……」

奈津が降参して言い、簀子の上に突っ伏してしまった。

新十郎は下から這い出し、まだひくひくと震えている奈津の胸に顔を埋め、色づいた乳首を吸い、胸の谷間や腋に鼻を押しつけて、新鮮で濃厚な汗の匂いを心ゆくまで嗅いだ。

湯殿で出来ることは、これで終わりだろう。とにかく存分に生の体臭が嗅げて、新十郎は満足だった。

やがて彼は、息を吹き返した奈津の身体を洗ってやり、交互に湯に浸かってから、二人は湯殿を出て身体を拭いた。

五

「客間の方へ行こう。お前や私の部屋じゃ人に聞かれるからね」

互いに寝巻きを羽織ると、奈津が言って新十郎を二階へ誘った。確かに、奈津の部屋の隣には美花が寝ているし、今は新十郎の隣の部屋には三太がいる。

やがて客間に入ると、奈津は座布団を敷き並べて彼と添い寝した。

湯殿で気を遣ったとはいえ、やはり正規の情交を望んでいるのだろう。相当に興奮が高まっているらしく、すぐにも上になって唇を重ねてきた。

「ンン……!」

熱く鼻を鳴らして彼に舌をからめ、白粉のような甘い匂いの息を弾ませた。

新十郎も舌を蠢かせ、滴る唾液で喉を潤し、下から豊かな乳房を揉みしだいた。

ようやく口を離すと、彼女は新十郎の耳たぶを嚙み、首筋を舐め下りて乳首に吸い付いた。そして胸から腹に下り、熱い息を股間に吐きかけながら一物に乳房をこすりつけてきた。

「ああ、気持ちいい……」

新十郎はうっとりと喘ぎ、柔らかな肉に揉まれ、谷間に挟まれながら最大限に勃起していった。

奈津は屈み込んで亀頭にしゃぶりつき、喉の奥まで呑み込んで吸った。内部では激しくクチュクチュと舌がからみつき、彼自身は唾液にまみれながら高まっていった。

すでに湯殿で、指と舌で下地が出来ている奈津は、すぐにも身を起こし、彼の股間に跨ってきた。そして唾液にまみれた亀頭を陰戸に押し当て、一気に腰を沈めて受け入れた。

「アアッ……、なんて、いい……」

股間を密着させ、ぺたりと座り込みながら奈津が顔をのけぞらせて喘いだ。

新十郎も、熱く濡れた柔肉に根元まで埋まり込み、暴発を堪えて息を詰めた。いつものことながら、世の中にこれほど心地よい場所があるだろうかと思った。

奈津は何度か腰を動かして肉棒を嚙みしめ、やがて熟れ肌を重ねてきた。

彼も下から抱きつき、温もりと重みを感じながら股間を突き上げはじめた。

「ああ……、いい気持ち……。もっと強く、奥まで突いて……」

奈津が熱く喘ぎ、自分も動きに合わせて腰を使いはじめた。大量の蜜汁が彼の内腿まで濡らし、彼は客用の座布団にシミが付いたらどうしようと思った。

「吸って……」

彼女は動きながら伸び上がるようにして、豊かな乳房を彼の顔に突き出してきた。色づいた乳首を含み、コリコリと歯も使って刺激しながら彼は律動を続けた。

「い、いきそう……、アアーッ……！」

たちまち奈津は声を上ずらせて口走り、がくんがくんと狂おしい痙攣を開始した。同時に膣内の収縮も激しくなり、まるで彼の身体中を吸い込もうとするかのように柔肉を蠢動させた。

「く……！」

続いて新十郎も昇り詰め、呻きながら大きな快感の渦に巻き込まれていった。

ありったけの熱い精汁を勢いよく内部に噴出させ、下から股間をぶつけるように動いた。

あとは二人とも声もなく、ただからくり人形のように腰を使うばかり。そして最後の一滴まで射精して力尽きると、彼は満足して身を投げ出し、奈津も動きを止めてぐったりと体重を預けてきた。

「ああ……、良かった……、溶けてしまいそう……」

奈津はとことん快楽を貪《むさぼ》ったようで、彼の耳元で熱く囁いた。しかし膣内はまだ貪欲に精汁を求めるように、きゅっきゅっときつい収縮を繰り返していた。

新十郎は奈津の甘い息を嗅ぎながら余韻を味わい、収縮に応えるようにひくひくと一物を脈打たせた。

「なんて、可愛い……。もう、することは出来ないんだねえ……」

奈津が、いつまでも荒い呼吸を繰り返しながら囁き、彼の頬を撫で回した。そして何度となく彼の口を舐め、涙ぐんだ。

「あの三太も可愛いけれど、あれは美花だけのものだから手は出せないしねえ……」

奈津が言う。それは本心なのだろう。多情でも、けじめだけははっきりとし、娘の幸福を祈っているようだった。

だからこそ、自分が手を出した新十郎は、真っ先に美花の婿の候補から外され、三太が呼ばれたのである。

「また顔を見せに来ておくれよ。いつでもいいから……」

「はい、きっと……」

言われて新十郎は答えたが、それは無理だろうと思った。

やがて奈津は、ようやく身を離し、互いの股間を懐紙で拭った。そして寝巻きを着て、座布団を直し、階段を下りてそれぞれの部屋に戻った。

新十郎は、すっかり馴染んだ布団に潜り込み、七福での最後の夜を過ごしたのだった。寝付かれないかと思ったが、さすがに心地よい疲労が全身を包み、間もなく彼は深い眠りに就いていった……。


「本当に、今日で出て行くの……？」

翌朝、美花が驚いた表情で新十郎に言った。奈津に聞いたのだろう。

「ええ、申し訳ありません。短い間でしたが、お嬢様のことは一生忘れませんので」

「私もよ……」

言うと美花はみるみる目を潤ませた。その大きな目の中に新十郎自身の影が映り、今にも溶けてしまいそうに揺れた。

今はいかに三太を愛しく思っていても、やはり最初の男として、新十郎はどこか特別な存在なのだろう。

「来て……」

美花は彼を自分の部屋に招いた。いくらも時間は取れないが、少しの間でも密室にいたかったようだ。

襖を閉めると、すぐにも彼女は唇を重ね、舌をからめてきた。熱く湿り気のある、甘酸っぱい果実臭の吐息もやけに懐かしく感じられた。

「ンンッ……！」

美花は貪るように鼻を鳴らし、彼の舌を吸ってから口を離した。そして膝を突くと彼の裾をめくり、下帯をずらして大胆にも一物にしゃぶりついてきた。

「ああ……」

新十郎は急激に高まり、美少女の温かな口の中で唾液にまみれながら最大限に勃起していった。美花は充分に唾液に濡らしてから口を離し、いきなり彼に背を向けると裾をからげ、文机に両手を突いて尻を突き出してきた。

「して……、急いで……」

美花が言う。性急に、あと一回したいようだった。

新十郎も高まり、屈み込んで美花の白い尻に顔を埋めた。秘めやかな匂いの籠もる蕾を舐め、さらに真下の陰戸にも舌を這わせ、懐かしい体臭で胸を満たした。

舐めているうち、すぐにもヌラヌラと生温かな蜜汁が溢れてきた。

彼は身を起こし、立ったまま股間を迫らせた。後ろから先端を陰戸に押し当て、ゆっくりと挿入していった。

「ああン……！」

ぬるぬるっと一気に根元まで貫くと、美花が尻をくねらせて喘いだ。

今日も彼女の蜜汁は豊富で心地よく、締まりも最高だった。新十郎は股間を密着させ、腰を抱えながら最初から激しく動いた。着衣のまま性急に行なうのも、実に興奮するものだった。

しかも律動するたび、尻の丸みが下腹部に当たって弾んだ。これが後ろ取り（後背位）の醍醐味《だいごみ》なのだろう。

「き、気持ちいい……！」

美花も急激な高まりに声を漏らし、腰を前後させてきた。

艶かしく滑らかな柔襞の摩擦に包まれながら、新十郎はあっという間に昇り詰めてしまった。長引かせてもいけないと思い、我慢しなかったのだ。

「く……！」

突き上がる快感に呻き、彼は熱い精汁をどくどくと勢いよく美花の柔肉の奥へほとばしらせた。

「アア……、いい……」

美花も声を上ずらせて、ひくひくと小刻みに痙攣し、一物を締め付け続けた。初めての体位と性急な秘め事に、彼女もまた気を遣ったようだった。

やがて最後の一滴まで注入し、立っていられないほど膝をがくがくさせながら新十郎は動きを止めた。

しばし余韻を味わってから懐紙を出し、腰を引き抜きながら一物と陰戸を拭った。

「ああ……」

離れると、美花は力尽きたように声を洩らし、ぺたりと座り込んでしまった。そして向き直り、名残惜しむように、まだ精汁に濡れている鈴口を舐め回してくれた。

「ああ……、お嬢様……」

新十郎は声を洩らし、舌の刺激で過敏に反応しながら腰をくねらせた。

すると玄関の方から、奈津の声が聞こえてきた。

「新、乙香様がお迎えにお見えだよ!」

「はい、ただいま!」

彼も大きな声で返事をすると、美花がようやく顔を離し、立ち上がって身繕いをした。新十郎も下帯と裾を整え、もう一度美花の顔を見た。

「三太さんと一緒になるんですね？　どうかお幸せに」

囁くと、美花はまた涙ぐんで、小さくこっくりした。

やがて新十郎は、未練を振り切るように美花の部屋を出て、迎えに来た兄嫁の許《もと》へと行った。

第六章　正体を現して快楽三昧

一

「本当に、身勝手なことばかりで相済みませぬ。短い間でしたが、新吉が大変お世話になり、御礼申し上げます」

小太郎を抱いた乙香が言い、並んで座った新十郎も奈津に頭を下げた。

「いいえ、本当に助かりました。お店の仕事ばかりか、膳奉行様のお役にも立ち、そのうえ怪我《けが》までさせてしまい、こちらこそ申し訳なく思っております」

奈津も深々と辞儀をして言い、紙包みを差し出した。

「これは些少《さしょう》ですが、お給金でございます」

「あ、いいえ、こちらの勝手で預かっていただいたのですから」

「いいえ、働き分ですので、どうかお納めを」

奈津が言うと、乙香も悪びれず懐中に納めた。

「では、お忙しいでしょうから、これにて」

やがて乙香は立ち上がり、新十郎も従った。そして奈津に見送られながら七福を出た新十郎は、もう一度振り返った。すると玄関ではなく、庭へ通じる木戸のところから美花も見送ってくれていた。

彼は美しい母娘に頭を下げ、やがて番町の屋敷へと帰っていった。

「ご苦労様でした。では武士の姿に戻りましょう」

小太郎を寝かしつけた乙香が言い、新十郎も帯を解いて着替えはじめた。

「女将とは、結局何もなかったのですか」

「はい、もちろん」

「まさか、娘の方とは？」

「それもありません。許嫁《いいなずけ》の手代がおり、たいそう仲睦《むつ》まじいですから」

「そうですか」

新十郎が言うと、乙香も安堵したように彼の着替えを手伝った。

しかし彼が下帯一枚になると、乙香は手早く床を敷き延べてしまった。彼が帰ってくるなり、相当な淫気を湧き上がらせたようだ。

小太郎も寝付いたばかりで、しばらくは目を覚まさないだろう。乙香も帯を解き、着物を脱ぎはじめた。

たちまち新十郎は下帯まで取られ、全裸になった乙香と添い寝した。懐かしい乳汁の匂いの混じった体臭に包まれ、彼も激しく勃起してきた。

「町人髷《まげ》も、なかなか似合っています」

腕枕してくれながら、乙香が甘い息で囁いた。久々に接するお歯黒の歯並びが艶《なま》めかしかった。

「では、新吉と呼んで、どのようにでもお好きに……」

「そう。では新吉、ここをお舐め」

新十郎が言うと、乙香は豊かな胸を突き出し、乳汁の滲む乳首を含ませてきた。

彼も吸い付き、舌を這わせながら生ぬるい乳で喉を潤した。

「アア……、いい気持ち……」

乙香が喘ぎながら身をくねらせ、自分からもう片方と交代させて吸わせた。

彼は左右の乳首を充分に吸い、滲む乳汁で舌を濡らしながら甘い匂いに陶然となった。さらに腋の下に顔を埋め、柔らかな腋毛に鼻をくすぐられながら、濃厚な汗の匂いに包まれた。

「ああ、可愛い……」

乙香はきつく抱きすくめながら言い、上からぴったりと唇を重ねてきた。

長い舌が潜り込み、彼も舌をからめ、注がれる唾液のぬめりとかぐわしい吐息に酔いしれた。

「ねえ、義姉上、顔に跨ってくださいませ……」

口を離して言うと、乙香は少しためらうように身を強ばらせたが、すぐに好奇心を持ったように身を起こしてきた。そう、相手は町人で、これは夢の世界なのだと思ったのかも知れない。

仰向けの彼の顔を跨ぎ、股間を迫らせた。

「アア……、股の下に、人の顔が……」

乙香は激しい興奮に息を震わせ、ぬらぬらと大量の蜜汁を湧き出させた。

新十郎は下から腰を抱え、黒々とした茂みに鼻を埋め込んだ。汗とゆばりの混じった匂いで鼻腔を満たし、彼は熱く濡れた柔肉に舌を這わせた。舌を伝い、蜜汁が口に流れ込んできた。

「あうう……、もっとお舐め、ここを……」

乙香は、自らオサネを彼の口に押しつけて言った。

新十郎もオサネに吸い付き、舌先で弾くように執拗《しつよう》に舐め続けた。溢《あふ》れる蜜汁はとどまるところを知らず、舐め取ると言うより飲み込めるほどだった。

さらに彼は尻の真下に潜り込み、顔中に豊かな双丘を密着されながら、蕾《つぼみ》に籠もる秘めやかな微香を嗅ぎ、舌を這わせはじめた。

「ウ……、くすぐったい……」

乙香も嫌がらずに呻《うめ》き、ひくひくと肛門を息づかせて愛撫を受け止めた。

彼は舌を潜り込ませ、滑《なめ》らかな粘膜も味わってから、再び割れ目に吸い付いた。

「ああ……、もう堪らない……」

やがて彼女は気を遣《や》ってしまう前にビクリと腰を浮かせ、向きを変えて新十郎の股間に屈み込んできた。そして幹を握って先端に舌を這わせ、喉の奥まで深々と呑み込んで吸った。

「アア……、義姉上……」

町人に成りきっていたが、やはり快感に我を忘れて口をついて出るのは、日頃の呼び方だった。

まだ一物には美花の淫水の匂いが残っているだろうに、興奮に夢中な乙香は気づかず、夢中で強烈なおしゃぶりを続けた。新十郎も充分に高まり、温かな唾液にまみれて絶頂を迫らせた。

「義姉上……、もう……」

警告を発すると、阿吽《あうん》の呼吸で乙香もすぽんと口を離し、そのまま跨ってきた。

先端を陰戸にあてがい、感触を味わうように息を詰め、ゆっくりと腰を沈み込ませてきた。

「ああーッ……！　いい……」

深々と肉棒に貫かれ、股間を密着させながら乙香が喘いだ。

新十郎も艶かしい肉襞の感触と摩擦に刺激され、根元まで包み込まれながら快感を嚙みしめた。

彼女は身を重ね、激しく腰を使いはじめた。新十郎も股間を突き上げ、溢れる蜜汁で湿った音を響かせながら兄嫁にしがみついた。

そして下から顔中を彼女の濡れた口にこすりつけると、乙香も大胆に舌を這わせ、鼻も頰も瞼《まぶた》も温かな唾液でヌルヌルにまみれさせてくれた。

「い、いく……、義姉上……！」

新十郎は口走り、甘い吐息と甘酸っぱい唾液の匂いに包まれ、たちまち絶頂の快感に全身を貫かれてしまった。同時に、ありったけの熱い精汁をどくどくと勢いよく内部にほとばしらせると、

「き、気持ちいい……、アアーッ……！」

噴出を感じ取るや否《いな》や、乙香も続いて気を遣って狂おしく身悶えた。膣内の収縮と締め付けで、新十郎は最後の一滴まで吸い取られた。

彼がすっかり満足して力を抜いてゆくと、乙香も徐々に動きを止め、遠慮なく彼に体重を預けてきた。

新十郎は甘い吐息に包まれながら余韻に浸り、まだ内部でひくひくと一物を脈打たせていた。

「良かった……」

乙香は荒い呼吸を繰り返しながら呟き、なおも彼の耳や頬にぬらぬらと舌を這わせ続けていた。その刺激が一物に伝わると幹がピクンと跳ね上がり、それを膣内できゅっと締め付けてきた。

ようやく呼吸を整えると、乙香はゆっくりと股間を引き離し、彼に腕枕しながら横になってきた。

「顔中が、私の唾でぬるぬるです。早く洗ってきなさい……」

「いえ、しばらく義姉上の匂いに包まれていたいです……」

「莫迦ね……」

新十郎が言うと、乙香は小さく言い、なおも愛しげに熟れ肌をくっつけ、耳朶《じだ》を噛んでくれた。

「兄上とは、情交しているのですか」

新十郎は、気になっていたことを訊いた。自分は七福で良い経験を重ね、そのうえ兄夫婦の仲が良くなってくれれば願ったり叶ったりなのである。

「何とか、しております。相変わらず時間は短く、多くのことはしてくれませんが」

乙香が答えた。

まあ、しているのなら良かったと新十郎は思った。

彼女も、あの美花が三太を攻略したように、どんどん積極的に行なえばよいのに、と思った。

そうしたら、新十郎も覗《のぞ》いてみたいと思うのである。どうにも、美花と三太の情事を盗み見てから、自分の情交以外にも覗く行為というものに惹《ひ》かれはじめていたのだった。

やがて乙香が起き上がり、身繕いをした。

新十郎も身を起こし、乙香が出してくれた新しい下帯を着け、着物と袴《はかま》を穿《は》いて武士の姿に戻った。そして町人髷も、乙香が元に戻してくれた。

これで、もう町人姿に戻ることはないだろう。

新十郎は、久々に脇差しを腰に帯びて思った。そして彼の、部屋住みとしての日々が再開されたのであった。

二

「久々に七福へ寄ったが、どうやら次の吉日に娘と手代の祝言を執《と》り行なうそうだ」

数日後の夕餉《ゆうげ》のとき、帰宅した仙之助が新十郎に言った。

「そうですか、いよいよ」

「ああ、私も山辺の調査では何度となく立ち寄り、世話になった。お前は住み込んでいたのだから、なおさらだろう。明日にも一緒に祝いを持って行き、一杯酌み交わそうではないか」

「し、しかし……」

新十郎はためらった。行くとなれば武士の姿で、仙之助の弟としてだろう。それでは、奈津と美花の母娘をたいそう驚かせることになる。

言ってみれば、新十郎にも、奈津や美花にとっても、あの日々は夢のようなもののだ。新十郎は、ほんの僅かな期間、町人の世界を覗き見ていただけなのであり、それはもう済んだことである。

しかし仙之助はきっぱりと言った。

「いつまでも欺《あざむ》いているのはいかんだろう。これから、お前もお役目で立ち寄ることがないとも言えぬ。私の密偵として潜入していた、ということを正直に言うべきだ。でなければ、いつ町中で女将などとばったり会い、気まずい思いをするかもしれんだろう」

「はあ……」

兄の言葉に、新十郎は小さく頷《うなず》いた。また奈津や美花に会えるのは嬉しいが、今までと違う態度を取られるのは辛《つら》そうだった。

やがて夕餉を終えて彼は自室に下がり、布団に横になった。

(怒るかな。悲しむかな……。思い出を壊《こわ》されるのだから……)

新十郎は、奈津や美花の反応をあれこれ思い、なかなか寝付かれなかった……。

——翌日の夕七つ（午後四時頃)、新十郎は大小を帯び、仙之助と落ち合ってから赤坂の七福へと行った。

離れて僅か数日だが、やけに懐かしかった。しかし武士の姿では気分が違い、さすがに緊張してしまった。

「まあ、深見様。ようこそ。さ、お連れの方もどうぞ……」

出迎えた奈津が新十郎を見て、思わず絶句した。

「あ、貴方様は……」

「ああ、弟の新十郎だ。仔細《しさい》はのちほど。上がるぞ。娘も呼んでくれ」

仙之助が言い、大刀を右手に持って上がり込んだ。新十郎も、呆然としている奈津に会釈《えしやく》し、兄に従っていった。

二階の座敷に、初めて客として座った新十郎は、ここが町人最後の夜に、奈津と情交した部屋だと思い出した。

「まあ、今日娘に祝いを渡したら、私も当分来られないだろう。そう年中立ち寄れるほど懐は暖かくないからな」

仙之助が、床の間を背に笑って言った。確かに、膳奉行とはいえ裕福ではない。山辺の件が解決すれば、もう用はない高級料亭であった。

間もなく、奈津が銚子を持って入り、美花も盆に料理を載せてきた。

「いらっしゃいませ。失礼いたします」

あらためて奈津が挨拶をし、美花も二人の前に膳を運んだ。

「元気そうですね、お嬢様」

新十郎が言うと、美花ははっと顔を上げ、夢でも見ているような表情をした。どうやら奈津には何も聞かされず、ただ料理を持ってきただけのようだった。

「し、新吉……、いえ、なぜ……」

美花は黒目がちの大きな目を泳がせ、新十郎を見つめ、さらに仙之助や奈津の方も見て混乱していた。

「すまない。私の名は新吉ではなく、深見新十郎というのです」

「私が頼んだのだ。山辺と甲吉を探るため、弟を間者としてここへ住まわせた。驚かせたことは、どうか許してくれ」

新十郎が言うと、仙之助も補足してくれた。

「そ、そんな……」

美花は、目を見開いたまま小さく嫌々をした。

「これは、近々祝言を挙げるというので、私と弟からの祝いだ。受け取ってくれ」

仙之助が、金の入った包みを袱紗《ふくさ》から出し、奈津の前へ差し出した。

「そのようなお気遣いは、どうか……」

さすがに年の功で、奈津は冷静さを取り戻していった。

「いや、些少だがほんの気持ちだ」

仙之助が言うと、ようやく奈津は受け取り、新十郎の方へ平伏した。

「知らぬこととは申せ、お武家様を使用人扱いにしてしまいました。どうか、数々のご無礼はお許し下さいませ」

「そんな、女将さん。困ります。私は少しでも働けて嬉しかったのです」

新十郎が言うと、そのとき美花がぱっと立ち上がり、部屋を飛び出していってしまった。

「新十郎、行ってやれ」

「はい」

兄に言われ、すぐに新十郎も立って部屋を出た。すると美花は、廊下の隅に佇《たたず》んで泣いていた。

「お嬢様。ごめんなさい」

新十郎は近づいて言い、そっと美花の肩に手を置いた。

すると彼女はいきなり彼を睨《にら》み、

「嘘つき……！」

言って手を振り上げたが、もちろん武士の頬を叩くことは出来なかった。

そして急に肩の力を抜き、彼の前でうなだれた。

「お許し下さい。私は、ずいぶん多くの無礼を……」

「いいんだよ、そんなこと。お嬢様と知り合えて嬉しかったんだから」

「本当……？　お役目で、追い出されないように仕方なく私の機嫌を取ったんじゃないの……？」

「そんなことないさ。私は、三太が羨《うらや》ましくてならないんだよ」

新十郎は言い、愛しさと同時に激しい淫気を湧かせてしまった。そして涙と洟《はな》に濡れた彼女の睫毛《まつげ》と鼻の穴に舌を這わせてしまった。美少女の鼻水は、何やら陰戸からの蜜汁とそっくりな味わいと粘つきが感じられた。

美花は拒まず、さらに唇を重ねると、ぬらぬらと舌をからませてくれた。懐かしい甘酸っぱい息の匂いと、柔らかな舌のぬめりに新十郎は勃起した。

しかし、彼女は遠慮がちに顔を引き離した。

「お化粧を直してきます。あとで、お酌に伺いますので……」

美花は背を向けて行こうとした。新十郎は、その背に声をかけた。

「そうだ。所帯を持つ前に、もう一度だけ会おう。明日の五つ半（午前九時頃）に、あの待合いの近くで待っているよ」

言うと、美花は立ち止まって迷い、小さく会釈して階段を下りていった。

新十郎はそれを見送り、何とか興奮を鎮めてから兄の待つ部屋へと戻った。

「大丈夫か」

「はい、すぐ戻るそうです」

仙之助に答え、奈津が銚子を差し出したので新十郎も盃を手にした。

「本当に驚きましたねえ。お武家に対して、新、なんて呼んでいたのですから」

奈津はすっかり立ち直り、笑顔で言いながら酌をしてくれた。

「そういえばね、どことなく品があると思っていたんですよ。そうですか、深見様の弟君でしたか。道理で」

「あはは、もっとこき使ってやれば良かったのだ」

仙之助も上機嫌で言っていた。

「まあ、美花も驚いただろうけど、もう戻るでしょうよ」

「ええ、何しろ三太さんが支えですからね」

新十郎も言い、酒を飲んで料理をつまんだ。間もなく美花も戻って、今度は愛らしい笑みを浮かべて酌をしてくれた。

（これで良かったのだな……）

兄の言うとおり、早くに打ち明けた方が心も開かれる。永遠に黙っていようかと思っていた新十郎は、そのように思い直したのだった。

三

「来てくれたか。有難う……」

美花の姿を見て、新十郎は顔を輝かせた。来なくても仕方がないと思っていたのだが、刻限通りに彼女は来てくれたのである。

「祝言のことで、いろいろ買物もあるので、出やすかったです……」

美花が小さく言う。昨夜は笑顔で打ち解けていたが、やはり一夜明けても、武士に対する緊張が抜けきらないようだった。

とにかく立って話していても仕方がない。一緒に出合い茶屋へ入り、また二階の部屋へ通されて二人きりとなった。

新十郎は大小を鞘《さや》ぐるみ抜いて部屋の隅に置き、美花が嫌がるだろうから隠すようにその上から羽織を掛けてしまった。

そして袴と着物を脱ぎ、襦袢と下帯だけの身軽な姿になって美花に迫った。

「さあ、脱いでしまえば武家も町人もない。前と同じように……」

言いながら顔を寄せると、美花もそっと唇を重ねてくれ、熱烈に舌をからめはじめた。新十郎は激しく勃起しながら、間もなく新造となる美少女の甘酸っぱい息と温かな唾液を味わった。

この白く滑らかな歯並びも、近々お歯黒が塗られ、やや濃い可憐《かれん》な眉《まゆ》も剃られてしまうのだろう。そして、いずれ三太の子を宿し、奈津のように逞《たくま》しい女将になってゆくのだ。

唇を離すと、新十郎は襦袢と下帯を解き、全裸になって横たわった。

すると美花も帯を解き、黙々と着物を脱ぎはじめてくれた。祝言を前にした最後の儀式のように、まだ彼女の表情は緊張に強ばっていた。

やがて彼女は着物と足袋と、腰巻と襦袢まで脱ぎ去り、一糸まとわぬ姿になった。

「顔に足を……」

新十郎は、彼女が添い寝してくる前に言い、立ったまま足首を握った。

「え……？　そんな……」

「出会った最初の頃と、同じようにしてほしい……」

言いながら足を引き寄せると、美花は壁に手を突いて身体を支えながら、ようやく片方の足を浮かせ、そっと彼の顔に載せてきてくれた。

「ああ……、私、お武家になんてことを……」

美花がびくりと足を震わせ、息を弾ませて言った。

しかし、いくら畏《おそ》れ多い行為だろうとも、すでに彼女は何度となくしているのだ。

新十郎は汗ばんだ足裏を舐め回し、指の股に籠もった匂いを堪能した。今日も美花の足は、緊張も手伝って汗と脂《あぶら》にじっとりと湿り、蒸《む》れてかぐわしい匂いを籠もらせていた。

爪先《つまさき》をしゃぶり、全ての指の股を舐めてから、彼は足を交代させた。

そちらの新鮮な味と匂いを貪《むさぼ》ると、

「アア……、も、もう堪忍……」

美花が立っていられなくなったように、がくがくと膝を震わせて哀願した。

彼は足首を摑んだまま顔を跨がせ、今度は美花の手を引いてしゃがみ込ませた。

股間が一気に鼻先まで迫り、新十郎は艶かしい眺めに目を凝らした。

「私……、お武家を跨いでいるんですね……」

「ああ、そうだよ。お舐め、と命令してごらん」

美花が声を震わせ、興奮と緊張に朦朧《もうろう》として言うので、新十郎も羞恥《しゅうち》を煽《あお》るように言った。

「い、言えません……」

「言えるさ。私は新吉だ。さあ」

新十郎は、蜜汁が溢れてくる桃色の柔肉を見上げながら言った。陰唇は興奮に色づき、オサネも光沢を持って突き立っていた。

「し、新吉……、お舐め……」

ようやく美花が言い、彼も舌を伸ばし、若草の丘に鼻を埋め込んだ。悩ましい汗の匂いが鼻腔に広がり、舌にはゆばりの味と淡い酸味の蜜汁が伝わってきた。

膣口周辺の襞をくちゅくちゅと掻き回すように舐め、柔肉をたどってオサネまで舐め上げていくと、

「アアッ……！　き、気持ちいい……」

ようやく美花が喘ぎはじめた。

やはり無垢《むく》で大人しい三太に教え込むのと違い、最初の男である新十郎に舐められるのは、実に感じる部分を心得ているので心地よいのだろう。

蜜汁の量が格段に増し、新十郎は美少女の味と匂いを心ゆくまで堪能しながらオサ

ネを舐め回した。もちろん尻の真下にも潜り込み、可憐な薄桃色の蕾にも鼻を埋め込んで嗅ぎ、細かに震える襞に舌を這わせた。

「く……！　い、いけません……、お口が汚れます……」

美花は、以前とは別人のようにしおらしく言い、それでも腰を上げることはなく、舌の愛撫に合わせてきゅっきゅっと肛門を収縮させて応えた。

新十郎は心ゆくまで美女の恥ずかしい穴を舐め、味と匂いが消え去るまで貪った。その間も蜜汁が溢れて彼の鼻をぬめらせ、やがて彼は再び割れ目を舐め、オサネに吸い付いていった。

「あうう……、い、いきそう……、もう駄目……」

美花が声を上ずらせて口走った。そして刺激を避けるように腰をよじらせたが、新十郎はしっかりと抱え込んでいた。

「どうか、このままゆばりを放って下さい……」

「そ、そんなこと……」

「してほしいのです」

切望しながら割れ目に吸い付くと、美花は彼の顔の上で四つん這いになった。彼はオサネを舐めながら指を膣口に入れ、尿意を促すように天井をこすった。

「アア……、駄目、本当に漏らしてしまう……！」

美花は言ったが新十郎は強烈な愛撫を止めず、激しく舐め続けた。

「く……、出る……」

たちまち蜜汁の酸味が増し、さらに生温かな水流が別の味わいを持って彼の口に滴《したた》ってきた。

新十郎は嬉々として受け止め、膣口から指を引き抜いて喉に流し込んだ。

美少女のゆばりは勢いを増してちょろちょろと彼の口に注がれ、それでもすぐに勢いが弱まってきた。

完全に流れが治まると、新十郎は口を付けたまま余りをすすり、割れ目内部を舐め回した。

「ああ……、感じる……」

美花は新たな淫水を溢れさせながら喘ぎ、とうとう股間を引き離した。

そして添い寝したものの、顔を彼の股間に迫らせ、自分から肉棒にしゃぶりついてきたのだった。

新十郎は、美花の温かな口の中で、舌に翻弄されて唾液にまみれた。

彼女は熱い息を股間に籠もらせながら、お行儀悪く音を立てて亀頭を吸い、激しく舌をからみつけてきた。

彼は高まり、暴発してしまう前に美花の手を握って引っ張った。彼女もすぐに顔を上げ、茶臼で一物に跨ってきた。下から先端を陰戸に当てると、もう彼女はためらいなく腰を沈め、肉棒を根元まで受け入れていった。

「ああーッ……！」

ぬるぬるっと滑らかな摩擦とともに深々と貫かれると、美花は顔をのけぞらせて喘いだ。新十郎も、熱く濡れた柔肉に締め上げられ、息を詰めて快感を嚙みしめた。

彼女は上体を起こしたまま一物を嚙みしめるように、もぐもぐと膣を収縮させ、新十郎の胸に両手を突きながら腰を動かしはじめた。

溢れる蜜汁に互いの接点がクチュクチュと音を立て、新十郎も下から股間を突き上げていった。

「ああ……、いきそう……」

美花が熱く喘ぎながら言い、腰の動きを激しくさせた。

「お嬢様、私の頰を叩いて……。最初にしたように……」

言うと、美花はいくらもためらわず、遠慮なく手を上げて彼の左頰をぱちんと叩いてきた。

新十郎は甘美な痛みにうっとりとなり、彼女の内部で一物を震わせた。

「おさむらいなんか、大ッ嫌い……」

「ああ……、今度は唾をかけて……」

言うと、美花は激しく腰を動かしながら屈み込み、顔を寄せてきた。ぷっくりした愛らしい唇を突き出し、小泡の多い白っぽい唾液を溜めると、勢いよくペッと彼の顔に吐きかけてきた。

一陣のかぐわしい息とともに、生温かな粘液が彼の鼻筋を濡らし、心地よくヌラリと頬を伝い流れた。

「もっと……」

「新吉、お前なんか嫌いよ。おさむらいがいなければ、甲吉だって道を誤らなかったかも知れないのに……」

美花は激しく高まりながら言い、何度となく彼の顔中に唾液を吐きかけてくれた。

新十郎は顔中を美少女の粘液に濡らされ、甘酸っぱい匂いに包まれながら、とうとう昇り詰めてしまった。

「く……、いく、お嬢様……！」

新十郎は口走りながら、宙に舞うような大きな絶頂の快感に包まれた。お嬢様などと口にするのは、これで最後かもしれないと思った。

ありったけの熱い精汁を勢いよく内部に放つと、

「アア……、熱いわ……、もっと……！」

美花が喘ぎながら言い、彼に唇を重ねてきた。そしてがくがくと狂おしく全身を波打たせ、膣内を収縮させせた。本格的に気を遣ったようで、新十郎は最後の一滴まで美花の陰戸に吸い取られていった。

やがて出し尽くすと、彼は徐々に動きを弱めてゆき、少し遅れて美花も柔肌の硬直を解いて、ぐったりと彼にもたれかかってきた。

完全に動きが止まると、あとは荒い呼吸のみ交錯し、二人は汗ばんだ肌を密着させたまま、溶けて混じり合ってしまうかのような時を過ごした。

新十郎は、美少女の匂いと温もりの中で、うっとりと快感の余韻を味わい、名残惜《なごり》しげに内部で一物を脈打たせていた。

「お、お許しを……、新十郎様……」

美花が荒い呼吸とともに小さく言い、指で彼の鼻筋や頬についた唾液を拭った。

「いいんだよ。すごく嬉しいし、とても気持ち良かった……」

新十郎が言うと、美花も名残を惜しむように、きゅっときつく彼自身を締め付けてきた。

「もし所帯を持ってからも、また会う気になったら、私はいつでも構わないからね」

「でも、新十郎様も、いずれ所帯を……」

「ああ、でも何とかやりくりして、必ず会うさ……」

彼は言い、これが別れではないと自分に言い聞かせ、寂《さび》しさを紛らせていた。

四

「相手は腰物方のご息女です。じき茶でも運んで参りますでしょう。良く吟味を」

乙香が言い、新十郎は緊張して座り直した。

今日は、約束通り乙香が遠縁の娘を紹介してくれることになり、料理茶屋へ来ていたのだ。もちろん気に入れば、相手の家へ婿養子に入ることになり、仙之助も承知しているようだった。

店は、さすがに七福というわけにいかないので、四谷《よつや》にある庭の綺麗な茶屋に来ていた。

腰物方というのは、腰物奉行の配下にあり、将軍の佩刀《はいとう》や装身具、諸侯に賜《たまわ》る太刀や献上品などを掌《つかさど》る役職である。試し斬りなども必要に応じて死罪人などを手配するが、実際には首切役の同心の代役を務めている山田浅右衛門《やまだあさえもん》が代々行なうので、見聞と報告をするだけとなっていた。

腰物方も二百石で、深見家とほぼ同格の旗本である。

やがて声がかかり、静かに襖《ふすま》が開けられた。

娘が入ってきて辞儀をし、彼の前に茶を置き、また優雅な仕草で去っていった。

色白で目鼻立ちが整い、薄化粧も実に気品があった。胸の膨らみも腰の丸みも男心をそそり、早く脱がせて抱きたいという気持ちになった。

(良かった。美しい……)

新十郎は娘の顔をとくと見て、心の中で快哉《かいさい》を叫んだ。

「いかがです」

「はい。気に入りました。もちろん外見《そとみ》だけですが、心根の方は義姉上が保証して頂けますでしょう」

「ええ、私が選んだ良い気だての娘です」

「ならば、お話を進めてくださいますよう」

新十郎が言うと、乙香も安堵したように笑みを洩《も》らした。

「承知しました。では早速にも先方に伝えます。二人でゆっくりお話もすると良いでしょう。では、庭の四阿《あずまや》でお待ちなさい」

「はい。お願い致します」

新十郎は辞儀をして答え、娘が持ってきた茶を飲んでから立ち上がった。そして履《は》き物を回してもらい、縁側から庭に出ると、四阿へと行って待った。

これでようやく、部屋住みの無駄飯食らいから解放されるのだ。

兄嫁との秘め事も出来なくなるが、あれだけの美女が妻になるなら申し分ない。もっとも四六時中顔を合わせていれば、やがて淫気は薄れて肉親の感覚になり、今の仙之助ぐらい淡泊になってしまうかも知れないが、それは先のことだ。

それに腰物方の役職がつけば、日々の充実感は今までの比ではないだろう。

（一体どんな匂いがするのだろう。生娘だろうから、優しく丁寧に教え込まないとならない。美花のように、すぐにも開花してしまうかも知れないが、いずれにせよ楽しみだ……）

あれこれ思ううち、娘が出てきて、こちらに向かってきた。

そして頭を下げ、遠慮がちに彼の隣に腰を下ろした。

「不束《ふつつか》ですが……」

「いえ、こちらこそ。深見新十郎です。まだ、お名前を伺っておりませんでした」

「竜崎香穂でございます」

「え……？」

覚えのある名に、驚いて顔を上げると、彼女が笑みを浮かべていた。

「新十郎どの、まだお分かりにならないのですか」

「か、香穂様……？」

彼は目を丸くし、耳を疑った。

いや、それは確かに香穂だ。男装ではなく、きっちりと髪を島田に結い、薄化粧で振袖を着た彼女は別人のようで、新十郎は全く気づかなかったのだ。

「こ、これは驚きました……」

「私の方は、乙香様からお話を頂き、新十郎どのと知っていたので、お受け下さると嬉しいと思いつつ、おめかしして参りました」

「し、しかし、私は知っての通り剣も弱いし頼りにならぬ男ですが……」

「前に申しました。強いばかりの男は嫌いですと。それとも、私がお転婆《てんば》と知ったらお嫌になりましたか」

香穂が、やや不安げに眉を曇らせて言った。

「いえ、願ってもないです。どうか、私でよろしければ添い遂げてくださいませ」

新十郎がはっきりというと、香穂も嬉しそうに顔を輝かせた。

「良かった……。でも、これからもたまには道場へ通います」

「ええ、構いません」

「それから、前に美花とあったことは不問にいたしますが、今後は私だけにしてくださいませ」

「え、ええ……、もちろんです……」

早くも、香穂は悋気《りんき》らしきものを覗かせ、釘を刺してきた。

「では夕刻にでも、うちへお越し頂き父母に会ってください」

「承知しました」

新十郎は頷いた。

すでに肉体を知っている相手ではあったが、また会いたいと熱烈に思っていた女なので微塵《みじん》も異存はなかった。それに香穂は仙之助とも道場仲間だし、美花との縁も薄くないのだ。

自分と香穂が夫婦になると言ったら、美花も驚き、喜んでくれるだろう。何かと縁が復活し、また美花と情交する機会も多くなるかも知れない。もちろん香穂一筋というのは言葉の上のことで、可能ならば、そして決して知られなければ他の女も抱きたかった。

「何をお考えです?」

「ええ、子が生まれたら、乳汁を飲ませてくださいね」

「まあ、もうそのようなことを……」

香穂は驚いたように言い、優しく睨み付けた。

「乳汁は、赤子が飲むものです……」

「はあ、でも美しい香穂様から出るものであれば、何でも飲みたいです」

「どうか、香穂と……」

「香穂」

「はい、旦那様。少し早いですね……」

香穂は頬を染めながら言い、風に乗って甘い芳香が漂ってきた。それだけで新十郎は痛いほど勃起し、もう立ち上がれないほどになってしまった。

この、一つ年上の美女の何もかもが、自分のものになるのだ。もちろん所帯を持つと言うことは、甘く浮かれたことばかりではないだろう。だが、新十郎は目先の淫気が今の全てのようなものだった。

やがて部屋に戻り、あらためて間に立ってくれた乙香に礼を言い、いったん解散した。そして屋敷に戻った新十郎は、帰宅した仙之助に報告をし、ともに竜崎家へと出向き、正式に養子縁組の話を決めたのである。

五

「本当に、可愛いお嫁さんでしたね」

香穂が言う。今日も彼女は男装ではなく、淑やかな振袖姿だった。

「ええ、三太も緊張していたが、きっと私もその日は同じようになるでしょう」

新十郎も答え、二人は七福を出てのんびりと歩いた。

今日は、美花と三太の挙式が行なわれていたのである。もちろん二人も顔を出して祝いものを届け、新十郎と香穂が一緒になることも報告した。

「まあ！　それはおめでとう存じます。美花へも、何よりの祝いになります」

奈津も驚き、急いで花嫁衣装の美花に言いに行くと、彼女も驚いて仕度の途中で二人の前に出てきたものだった。

「本当でございますか。それは嬉しいです……」

美花は涙ぐみ、心から喜んでくれた。

そして二人は、武家が居ては気詰まりだろうからと、祝言の途中で挨拶し、出てきたところだった。

新十郎と香穂も、次の吉日には晴れて夫婦となるのである。

「おやあ、誰かと思えば、新吉と女丈夫ではないか。二人とも見違えるようだなあ」

途中、結城玄庵と行き会った。彼もこれから、七福の祝いへと駆けつけるところらしい。

確かに玄庵の前では、新十郎は町人姿だし、香穂も男装だった。

「先生、その節はお世話になりました。私たちも所帯を持つことになりましたので」

「そうかい！　それは目出度《めでた》いな。じゃそっちにも顔を出すからな、酒を用意しておいてくれ」

玄庵は笑顔で言い、やがて七福に入っていった。

「確かに、私たちは今まで仮の姿でしたからね」

「いえ、私はまた、たまに男姿に戻りますが」

「ええ、お好きにして構いませんよ」

「旦那様は、どちらの私がお好きですか」

「どちらもです。最初に会った男衆姿は実に素晴らしいし、今も艶やかです」

言うと、香穂は嬉しげに頬を染めた。

「あの、あそこへ入りましょう」

新十郎は言い、彼方に見える待合いを指した。

これからともに暮らせば、いくらでも出来るのだが、今は何しろ淫気が高まってしまっていた。それに屋敷では、舅《しゅうと》や姑《しゅうとめ》もいるし、そうそう昼間から情交するわけにもゆかないのだ。

まだ正式な夫婦ではないので、今には今の燃え方もあるだろう。

すると香穂も頷き、彼に従ってきた。やがて二人は出合い茶屋に入り、二階の部屋に通された。

「何やら、初めてのような気がします……」

香穂が言う。確かに、淑やかな女の姿の彼女を抱くのは初めてで、新十郎も激しく勃起していた。

新十郎は脱ぐ前に香穂を抱き寄せ、唇を重ねていった。

うっすらと紅を塗った唇が、ほんのり濡れて柔らかく吸い付いてきた。舌を差し入れると前歯が開かれ、口腔のかぐわしい息が洩れてきた。湿り気ある熱気は胸を酔わす甘酸っぱい芳香で、彼は匂いを貪《むさぼ》りながら舌をからめた。

何年も長く味わううちには、この匂いにも飽き、美味しいと思った唾液にも何も感じなくなるのだろうか。

しかし今は何より心がときめき、その刺激は直接股間に響いてきた。

新十郎は執拗に香穂の口の中を舐め回し、滑らかに蠢く舌を貪った。香穂もしがみついて離れず、延々と舌を舐め合っていた。

ようやく唇を離すと、淫らに唾液の糸が引いて互いの口を結んだ。

二人は頬を上気させ熱く見つめ合いながら、帯を解きはじめた。新十郎は先に手早く袴と着物を脱ぎ去り、襦袢と下帯も外して全裸になった。

香穂も羞《は》じらいながら、明るい部屋の中で一糸まとわぬ姿になった。

添い寝すると、彼女の胸元は汗ばみ、腋からも生ぬるく甘ったるい体臭が漂ってきていた。

「今日も稽古を？」

「申し訳ありません。祝いに行く前に、少し時間があったものですから。稽古のあとは、手を洗っただけです……」

香穂は済まなそうに言ったが、もちろん新十郎は、匂いが濃い方が興奮するので、願ってもないことだった。

腕枕してもらい、形良い乳房に手を這わせながら、まず腋《わき》の下に顔を埋め込んだ。和毛《にこげ》に鼻をくすぐられながら、じっとり湿った腋を舐め、甘ったるい汗の匂いを胸いっぱいに吸い込んだ。

「なんと、良い匂い……」

「ああ……、嘘です。汗臭いだけですので、どうか……」

口に出すと、香穂は激しい羞恥《しゅうち》に身悶え、さらに濃い匂いを揺らめかせた。

新十郎は執拗に嗅ぎ、やがて移動して桜色の初々しい乳首に吸い付いた。舌で転がし、唇に挟んで強く吸い、軽く噛みながら、もう片方にも念入りな愛撫をした。

「アア……、もっと強く噛んで……」

香穂が、身を弓なりに反らせて喘いだ。

過酷な稽古に明け暮れていた彼女は、くすぐったい微妙な触れ方よりも、少々痛いぐらいの刺激の方が感じるようだった。

新十郎はこりこりと小刻みに乳首を噛み、さらに柔肌を舐め下りながら臍《へそ》を舐め、脇腹にも歯を食い込ませた。肌はどこも、うっすらと汗の味がし、実に滑らかな舌触りだった。

腰から太腿へ下り、逞《たくま》しい脚を舌でたどり、例によって足裏から指の股まで舐め、蒸れた匂いを存分に嗅いだ。

「あぁッ……！　駄目、汚いから……」

香穂は声を震わせて言ったが、もう抵抗する気力も湧かないほど朦朧となり、力も脱けてきたようだった。

彼は両脚とも、味と匂いが消え去るまでしゃぶり尽くし、やがて腹這いになって香穂の脚の内側を舐め上げていった。そして股間に迫り内腿の間に顔を進めると、中心部からの熱気と湿り気が、何とも悩ましい匂いを含んで顔に吹き付けてきた。

新十郎は彼女の両脚を浮かせ、まるで襁褓《むつき》でも替えるような体勢にさせて陰戸と肛門を丸見えにさせた。

「ああ……、恥ずかしい……」

香穂が目を閉じて口走り、しきりに嫌々をした。

おそらく道場の誰も、強く逞しい香穂の、このような姿や羞恥反応など、夢にも思わないだろう。

新十郎は、先に薄桃色の蕾に鼻を埋め込み、秘めやかな匂いを味わってから舌を這わせた。細かな襞を舌先でくすぐり、充分に濡らしてから中に潜り込ませた。

「あう……、い、いけません……」

香穂が眉をひそめて呻き、潜り込んだ舌をきゅっと肛門で締め付けてきた。男装でないと、言葉遣いも実に女らしく淑やかだった。

新十郎は舌を出し入れさせるように顔を前後させ、内部のヌルッとした滑らかな粘膜を心ゆくまで味わった。

そうしているうちにも、彼の鼻先の割れ目からは大量の蜜汁が滴り、膣口周辺には白っぽく濁った粘液までまつわりつきはじめた。

ようやく彼は香穂の脚を下ろし、そのまま滴る蜜汁を舐め取りながら割れ目に顔を埋め込んでいった。

柔らかな茂みの隅々に鼻をこすりつけて嗅ぐと、何とも艶かしい汗とゆばりの蒸れた匂いが感じられ、鼻腔を心地よく刺激してきた。ぬめりは淡い酸味を含み、彼は貪るように膣口の細かな襞から柔肉、オサネまで舐め上げていった。

「ああッ……！　き、気持ちいいッ……！」

香穂が顔をのけぞらせて喘ぎ、内腿できつく彼の顔を締め付けてきた。

目を上げると白く滑らかな下腹がひくひくと波打ち、乳房の谷間の向こうに、のけぞった香穂の丸い顎と首筋が見えた。

いつものことながら、女体のここからの眺めは最高だった。それ以上に、女の股座《またぐら》に顔を埋め、舐めているという状況に彼は燃えた。

新十郎は上の歯で包皮を剝き、完全に露出したオサネを歯で挟み、舌先で小刻みに弾くように舐めた。

「アア……、駄目、変になりそう……」

香穂が腰をくねらせて喘ぎ、何度も彼の顔を挟んだまま腰を跳ね上げた。

彼は執拗に舐めながら香穂の味と匂いを堪能し、オサネに吸い付いた。

「お、お願い……、私にも……」

香穂が身悶えながら手を伸ばし、彼の身体を求めてきた。

新十郎は横向きになり、彼女の内腿を枕にしながら反転して、屹立した一物を香穂の鼻先に突き出していった。すると彼女も、新十郎の内腿を枕にし、すぐにもすっぽりと肉棒を呑み込んできた。

互いに、最も感じる部分を舐め合う二つ巴の体位である。

新十郎がオサネを吸うと、香穂も反射的にチュッと強く彼の亀頭に吸い付き、熱い息でふぐりをくすぐってきた。

やがて先に香穂の方が降参するように、すぽんと口を離した。

「お、お願い。どうか、入れて……」

少しもじっとしていられない様子で香穂が口走ると、すっかり高まっている新十郎も身を起こし、向き直って股間を進めていった。

唾液に濡れた亀頭を陰戸にこすりつけると、それまで身悶えていた香穂が、身構えるように息を詰めてじっとした。そのまま潜り込ませ、根元まで一気に挿入していくと、肉棒は滑らかに吸い込まれていった。

「アアッ……！　いい……、奥まで届く……」

香穂が身を反らせて口走り、支えを求めるように両手を伸ばしてきた。

新十郎も股間を押しつけたまま両脚を伸ばし、身を重ねて彼女の肩に腕を回して抱きすくめた。

香穂は必死にしがみつき、早くも自分からずんずんと股間を突き上げてきた。

それに合わせて新十郎も腰を前後させ、身も心も溶けてしまいそうに心地よい摩擦とぬめりに包まれた。

「い、いく……！」

たちまち新十郎は昇り詰め、大きな快感の怒濤《どとう》に巻き込まれてしまった。

股間をぶつけるように律動しながら、熱い大量の精汁を思い切り内部にほとばしら

せると、

「ああーッ……！　熱い、もっと出して！　気持ちいいッ……！」

香穂がガクガクと全身を波打たせ、激しく声を上げた。

どうやら回を重ねるごとに彼女の快感は増すばかりで、同時に声も大きくなった。

膣内の収縮の中、新十郎は最後の一滴まで心おきなく出し尽くし、満足げに動きを弱めていった。

そして完全に動きを止め、香穂に体重を預けると、彼女も全身の強ばりを解き、溶けてしまいそうにグンニャリと四肢《しし》を投げ出した。

汗ばんだ肌が密着し、熱くかぐわしい息を嗅ぎながら新十郎は余韻を味わい、済んでいるのに何度も内部で一物を脈打たせた。

香穂もそれに応えるように締め付け、熱い鼓動と呼吸を伝わらせてきた。

「私たちが、すでにこのような仲とは、誰も知らないでしょうね……。私の両親も、あなたの兄上夫婦も……」

「ええ……、でも、仲良いことを喜んでくれるでしょう……」

「いつまでも、可愛がってくださいね……」

香穂が言い、新十郎は、とてもこれが剣術の手練れとは思えない可愛さを覚えた。

ただ、香穂の絶頂の時の大きな声だけは、何とかならないものだろうかと思った。

先日、竜崎家の屋敷にも行ったが、どの部屋だろうと、香穂の声は確実に舅や姑の耳に届いてしまうだろう。

「ねえ、もう一度……」

下から香穂が言うと、新十郎もその気になって、急いで興奮を高めていった……。

のぞき草紙

一〇〇字書評

切り取り線

購買動機（新聞、雑誌名を記入するか、あるいは○をつけてください）

- □（　　　　　　　　　　）の広告を見て
- □（　　　　　　　　　　）の書評を見て
- □ 知人のすすめで
- □ タイトルに惹かれて
- □ カバーがよかったから
- □ 内容が面白そうだから
- □ 好きな作家だから
- □ 好きな分野の本だから

●最近、最も感銘を受けた作品名をお書きください

●あなたのお好きな作家名をお書きください

●その他、ご要望がありましたらお書きください

住所	〒				
氏名		職業		年齢	
Eメール	※携帯には配信できません	新刊情報等のメール配信を希望する・しない			

あなたにお願い

この本の感想を、編集部までお寄せいただけたらありがたく存じます。今後の企画の参考にさせていただきます。Eメールでも結構です。

いただいた「一〇〇字書評」は、新聞・雑誌等に紹介させていただくことがあります。その場合はお礼として特製図書カードを差し上げます。

前ページの原稿用紙に書評をお書きの上、切り取り、左記までお送り下さい。宛先の住所は不要です。

なお、ご記入いただいたお名前、ご住所等は、書評紹介の事前了解、謝礼のお届けのためだけに利用し、そのほかの目的のために利用することはありません。またそのデータを六カ月を超えて保管することもありませんので、ご安心ください。

〒一〇一―八七〇一
祥伝社文庫編集長　加藤　淳
☎〇三（三二六五）二〇八〇
bunko@shodensha.co.jp

祥伝社文庫

上質のエンターテインメントを！　珠玉のエスプリを！

祥伝社文庫は創刊15周年を迎える2000年を機に、ここに新たな宣言をいたします。いつの世にも変わらない価値観、つまり「豊かな心」「深い知恵」「大きな楽しみ」に満ちた作品を厳選し、次代を拓く書下ろし作品を大胆に起用し、読者の皆様の心に響く文庫を目指します。どうぞご意見、ご希望を編集部までお寄せくださるよう、お願いいたします。

2000年1月1日　　祥伝社文庫編集部

のぞき草紙《ぞうし》　長編時代官能小説

平成20年6月20日　初版第1刷発行

著者　睦《む》月《つき》影《かげ》郎《ろう》

発行者　深澤健一

発行所　祥《しょう》伝《でん》社《しゃ》
東京都千代田区神田神保町3-6-5
九段尚学ビル　〒101-8701
☎03（3265）2081（販売部）
☎03（3265）2080（編集部）
☎03（3265）3622（業務部）

印刷所　萩原印刷

製本所　ナショナル製本

ISBN978-4-396-33436-9　C0193

祥伝社のホームページ・http://www.shodensha.co.jp/

祥伝社文庫・黄金文庫　今月の新刊

梓林太郎　最上川殺人事件
旅情溢れる、好評茶屋次郎シリーズ第十五弾！

菊地秀行　魔界都市ブルース　妖月の章
散る花のように儚く美しい傑作超伝奇。

南　英男　非常線　新宿署アウトロー派
凶悪テロの背後に潜む人間の〝欲〟を描く！

菊池幸見　泳げ、唐《から》獅《じ》子《し》牡《ぼ》丹《たん》
読めば元気が出る、痛快極道青春水泳小説！

草凪　優　摘《つ》めない果実
四十男に恋した少女はなんとヴァージンだった……

森　詠　黒の機関　戦後、「特務機関」はいかに復活したか
戦後昭和史の暗部を抉った名著復刊！

佐伯泰英　意地　密命・具足武者の怪〈巻之十九〉
待望の十九作目、「密命」シリーズ最新刊！

浦山明俊　噺家《はなしか》侍《ざむらい》　円朝捕物咄
「いよっ、待ってました！」本邦初、落語時代小説。

髙田　郁《かおる》　出世花
次代を担う女流時代作家、ここにデビュー！

睦月影郎　のぞき草紙
若侍が初めて知る極楽浄土。夢のような日々。

和田寿栄子　子供を東大に入れるちょっとした「習慣術」
息子二人を育て上げた「家庭教育」大公開

小林惠子《やすこ》　本当は怖ろしい万葉集〈壬申の乱編〉
秀歌が告発する、古代天皇家の〝暗闘〟

丸山美穂子　TOEIC Test満点講師の100点アップレッスン
こうすればいいんだ！実証済みの勉強法！